Abgründe

M. R. Scheffel

"Um allen Höhen gewachsen zu sein, muss man auch alle Abgründe kennen"

Karl Lagerfeld

INHALT

DANKSAGUNG

Vom tiefsten Abgrund bis zum höchsten Gipfel möchte ich
Sascha, Lisa, Yann, Franziska und Andro danken.

HEIMFAHRTWOCHENENDE

Was ist ein Heim, wenn es kein Zuhause ist? Ist ein Zuhause der Ort, an dem wir schlafen oder doch jener, an dem unsere Liebsten wohnen? Fragen, mit denen sich der 11-jährige Joshua sicherlich noch nicht auseinandergesetzt hat. Woher soll er auch wissen, dass sie wie keine anderen sein Leben dominieren werden?

„Ich hasse dich!", schreit er in Richtung seines Bezugerziehers Armin, der den aufgebrachten Jungen mit der einen Hand festhält und mit der anderen die Plastiktüten eines Discounters trägt. In diesen befindet sich schmutzige Kleidung von Joshua, die vergangenen Freitag frisch gewaschen das Kinderheim am See in einer Sporttasche verlassen hat. Und mal wieder ist es ein Sonntagabend, an dem ein aufbrausender Joshua ohne Sporttasche, aber mit viel Wut im Bauch vor seinem Erzieher steht. „Ich will nicht zurück! Ich will nach Hause!", schreit er so laut es ihm möglich ist, ohne zu wissen, was eigentlich sein Zuhause ist. Aus jeder Pore seines kindlichen Körpers strömt der Wunsch, geliebt zu werden; gepaart mit der Angst, dass ihm genau dies verwehrt bleibt. Seit vier Jahren wohnt er im Heim für Schwererziehbare. In einer Wohngruppe, die sich aus neun Kindern zusammensetzt. Betreut von drei Erziehern und einer angehenden Erzieherin, die aktuell von einer Praktikantin unterstützt werden. Die Heimkinder verbringen ihren Alltag in einem mit Asbest verkleideten Siebzigerjahre-Bau. Mit jeweils einem anderen Kind teilen sie sich ein Zimmer.

Das „Zuhause", nach dem sich Joshua zurücksehnt, ist die 43-Quadratmeter-Wohnung, in der seine Eltern und seine beiden Geschwister leben und in der er alle zwei Wochen ein Wochenende verbringt. Es gibt Familien und jene Konstellationen, die so genannt werden. Letzteres triff auf Joshuas Situation zu. Was er an den Wochenenden bei seinen Eltern erlebt, ist in der Realität weniger schön als das, was das Konzept eines „Heimfahrtwochenendes" in der Theorie verspricht. Anstelle von langen Gesprächen mit den Eltern, selbst gekochtem Essen und Spieleabenden mit der ganzen Familie, sind die Wochenenden geprägt von kaltem Konservenessen, wenn mal wieder der Storm abbestellt wurde oder – falls dieser dann doch mal fließt – von langen Tagen vor dem heimischen Großbildfernseher. Ein solches Wochenende liegt nun hinter ihm und wurde just vor wenigen Minuten durch die Ankunft im Kinderheim beendet. Mit rasanter Geschwindigkeit fuhr ihn sein Vater im lilafarbenen Opel Astra auf den Hof des Kindesheims. Genauso rasant verlief die Verabschiedung zwischen Vater und Sohn mit einem kurzen „Tschüss".

Zurück blieb ein verunsichertes Kind, das nicht versteht, warum es – im Gegensatz zu seinen beiden jüngeren Geschwistern – nicht bei seinen Eltern leben darf. Die Gründe sind sehr klar und zugleich in vielerlei Hinsicht unergründlich. Ein durch diese Widersprüchlichkeit entstandenes Oxymoron – wie so viele Entscheidungen des Jugendamtes in der Akte zum Fall „Joshua".

Wo anfangen, wenn es keinen richtigen Anfang gibt? Am besten bei den Eltern, die selbst noch Kinder sind, wie ein ungewöhnlicher, fast schon lyrischer Akteneintrag der Sacharbeiterin vom Jugendamt, die lieber Buchautorin geworden wäre, verrät:

„Der Vater ist Ralfi, seines Zeichens Lkw-Fahrer und die Mutter Bernadette, Kantinenkraft. Ihre Ehe: Eine Verbindung zweier Personen ohne jegliche Liebe zueinander, die ähnliches Leid verbindet. Ralfi lernte Bernadette über ihren trinkenden Stiefvater kennen. Mit seinen Schlägen tyrannisierte er die ganze Familie; als wäre dies für ein junges Mädchen nicht schon genug, musste sie ab ihrem fünfzehnten Lebensjahr – zunächst in unregelmäßigen Abständen und zuletzt fast täglich – ertragen, wie er sich an ihr auch sexuell verging. Ralfi war es, der sie in einer Nacht-und-Nebel-Aktion aus diesen Fängen befreite. Die Hilflosigkeit war ihr erster Anknüpfungspunkt und sollte der Kit sein, der sie zusammenhielt. Kurze Zeit nach ihrem Zusammenzug erhob er ihr gegenüber selbst die Hand. Meist, wenn er verbal nicht weiterwusste. Bevor sie einen Gedanken darüber verlieren konnte, ob sie ihren neuen Tyrannen verlassen sollte, wurde sie auch schon mit Joshua schwanger. Eine Schwangerschaft, die Entscheidungen abnahm, aber die beide auch vor neue stellen sollte. Elternzeit und somit staatliche Hilfe kam für sie nicht in Frage – sei anscheinend „nicht mit ihrem Stolz vereinbar und würde die komplette Kapitulation bedeuten". Sie wissen selbst, dass sie nicht zur Crème de la Crème gehören, aber dennoch sehen sie zwischen sich und so genannten „Harzern" einen erheblichen, gar fundamentalen Unterschied. So

entschieden sie pragmatisch, dass sich Ralfi um das Kleinkind kümmern und ihn mit auf die Lkw-Touren nehmen sollte. Eine Entscheidung, die nach einem Hauch von Emanzipation klingt, aber auf dem Gegenteil beruht."

In einer späteren Revision sollte dieser Akteneintrag zum familiären Hintergrund noch für großen Aufruhr sorgen. Aber in ihrer Beschreibung sollte die Sachbearbeiterin aka Möchtegern-Autorin Recht behalten. Dies ist nicht die Geschichte von Bernadette als einer emanzipierten Frau der Unterschicht; es ist die Geschichte ihres gescheiterten Sohns. Für eine Begegnung auf Augenhöhe, so ermutigend sie auch wäre, ist hier nicht viel Platz. Spätestens die Tatsache, dass Bernadette von ihrem Verdienst nichts zu sehen bekommt, da dieser – auch heute noch – an ihren Ehemann, den Herrn der Finanzen, fließt, lässt jeden Traum, der in Richtung Emanzipation geht, platzen.

Geplatzt ist auch so manches Mal die vollgeschissene Windel des kleinen Joshuas, wenn zwischen den Stationen der von dem Just-in-time-Prinzip getriebenen Lkw-Tour keine Zeit für einen Wechsel war. So lassen sich die ersten Lebensjahre des kleinen Joshuas wie folgt zusammenfassen: In den eigenen Fäkalien sitzende, langweilige Stunden auf der Autobahn. Gleichaltrige lernte Joshua erst mit der Einschulung kennen. Es ist daher nicht allzu verwunderlich, dass die Akklimatisierung in der neuen Lebensumgebung Schule scheiterte und aus Joshua, dem Kind-mit-vielen-Problemen, ein Problemkind wurde. Bereits in der ersten Klasse warf er mit Radiergummis nach der Lehrerin, wenn diese ihn ermahnte. Er griff des Öfteren in die Essensboxen seiner Klassenkameraden, wenn sein Magen – meist gegen Ende des Monats – besonders

häufig knurrte, da seine Eltern es mal wieder „vergessen"
hatten, ihm etwas zu essen mitzugeben. Es dauerte nicht
lange, bis das Jugendamt auf die junge Familie
aufmerksam wurde. Mit der Idee der stationären
Unterkunft in einem nahgelegenen Kinderheim, sollte aus
dem Problemkind ein Vorzeigekind werden. Und so
wechselte Joshua bereits zur zweiten Klasse auf die
Sonderschule für Schwererziehbare.

„Wo bleibt die blöde Kuh?", fragt sich Joshua. In
nach altem Schweiß riechender Sportbekleidung wartet er,
wie jeden Donnerstag, vor der angebauten Turnhalle auf
seine Sportlehrerin. Inzwischen ist er wieder
umgänglicher und seine Ausraster nehmen von Tag zu
Tag ab. Es ist eher die Regel als die Ausnahme, dass die
Kinder nach den Heimfahrtwochenenden geschwächt
und nicht gestärkt ins Kinderheim zurückkehren. Meist
brauchen sie Tage bis sie sich wieder eingefunden haben.
Dies ist nicht nur bei Joshua so. Daher finden die
zweiwöchentlichen Heimfahrtwochenenden auch nicht
für alle zur gleichen Zeit statt, sondern innerhalb der
jeweiligen Wohngruppe in zwei unterschiedlichen
Rhythmen. So ist zumindest sichergestellt, dass nicht alle
zur gleichen Zeit durchdrehen.

„Wenn sich diese Heimfahrten auf die Kinder
derart negativ auswirken, stellt sich mir die Frage nach
ihrem Sinn. Wäre es nicht besser, es gleich ganz sein zu
lassen?", fragt die junge Praktikantin Arianne ihren
Praktikumsleiter Armin, der zugleich Joshuas
Bezugserzieher ist. Keine unberechtigte Frage, hat dieser
kurze Einblick in seine Kindheit das Unausweichliche
offenbart: „Diese Familie ist gescheitert", wie der leitende

Erzieher der Wohngruppe in seiner Antwort feststellt. „Eine mögliche Antwort, warum wir dies dennoch machen, findet sich im Grundgesetz: Artikel 6 schützt die Familie. Ein Kind kann nicht einfach aus der Familie genommen werden. Bei den Kindern, die sich in den Wohngruppen befinden, ist dies in der Regel mit dem Einverständnis der Eltern geschehen. In jährlich stattfinden Hilfeplangesprächen wird gemeinsam mit dem Jugendamt die Entwicklung erörtert und über die Fortsetzung beraten und entschieden. Der sich aus Art. 6 GG ergebende Schutz der Familie ist allerdings noch weiter zu verstehen: Es soll nichts unversucht bleiben, die Familie doch irgendwann zusammenzuführen. Die Familie ist Leitbild und jeder alternativen Form vorzuziehen. Den Heimfahrtwochenenden kommt dabei die Rolle zu, vor einer gänzlichen Entfremdung zu schützen", führt er weiter aus, um letztlich hinzuzufügen: „In der Theorie klingt das sinnvoll; in der Praxis entlarvt es sich oft als nutzlose Sozialromantik."

„Was machen die da?", neugierig und mit einer Spur von Verwunderung beobachtet Joshua – nach dem Unterricht schweißgebadet aus der Turnhalle kommend – die kurz vor dem Abschluss stehenden Neuntklässler, die die Fassade der Sporthalle als Teil ihrer Abschlussprüfung mit dem Ziel des Hauptschulabschlusses widerwillig bemalen. Die Zukunft dieser Schüler ist ungewiss. Ein Teil der Erzieher nennt das Kinderheim samt zugehöriger Schule hinter vorgehaltener Hand einen „Vorhof zum Jugendknast". Hinter dieser zynischen Bezeichnung steckt eine gehörige Portion Resignation von Personen, die seit Jahren – meist erfolglos – versuchen, diese Kinder zu lebensfähigen Bürgern zu erziehen und sie auf ein „normales Leben" in der Gesellschaft vorzubereiten.

Beim Völkerballspiel hat sich Joshua mal wieder mit Nevi und Kevin gestritten. Dieses Mal ging es so weit, dass alle drei vom Spiel ausgeschlossen wurden und den Ausgang schmollend vom Spielfeldrand beobachten mussten. Wer aus welchem Grund mit dem Streit angefangen hat, der in wüsten Beschimpfungen und Drohungen endete, weiß inzwischen keiner mehr. Dies scheint in Anbetracht der längeren Rivalität zwischen den Dreien auch irrelevant zu sein. Anders als sonst, findet die Auseinandersetzung nach dem Unterricht kein Ende, sondern vielmehr ihre Fortsetzung.

Während er die an der Hauswand malenden Neuntklässler beobachtet, wird er von Nevi und Kevin auf den naheliegenden Fußballplatz gelockt. Wie ein wildes Tier findet sich Joshua nun zwischen zwei zusammengeschobenen Fußballtoren gefangen. Mit seinem durch Ohrfeigen gerötetes Gesicht blickt er zu den beiden auf den Toren stehenden und ihn anschreienden Peinigern hinauf. Während der eine ihn anspuckt, scheucht ihn der andere mit einem Ast herum. Nun öffnet Nevi den Reisverschluss seiner Hose und beginnt auf sein Opfer zu urinieren. Dem schließt sich auch Kevin an. Wenige Minuten später wird Joshua von einem heraneilenden Erzieher, der das Geschehen aus der Ferne beobachten konnte, physisch befreit. Psychisch ist er jedoch weiterhin gefangen. Es gibt Ereignisse im Leben eines Menschen, die einen vorgefertigten Weg in guter wie auch schlechter Hinsicht zuschütten und so für eine Umleitung sorgen oder eben jenen vorgefertigten Weg festigen. War er davor schon ein Kind mit vielen

Problemen, das aber immer noch die Hoffnung besaß, doch irgendwie geliebt werden zu können, und auf dieser Schiene einigermaßen zugänglich, sollte Joshua von nun an überhaupt kein Kind mehr sein.

Mit dem Wunsch nach Stärke und einer ausgeprägten Furcht vor Schwäche begibt er sich in die Hände vermeintlich starker, aber leider falscher Freunde. Diese befriedigen sein Bedürfnis, einer Gemeinschaft anzugehören und seinem Wunsch nach Macht – sehr zum Leidwesen der örtlichen Bevölkerung, die ohnehin schon gegen das Kinderheim wetterte und sich nun in ihren Vorurteilen bestätigt sieht. Mit „grundloser" Gewalt, Betrügereien, Diebstählen und Rauschgifthandel dominiert die Clique für einige Zeit den Alltag des Dorfes. Erst ein – speziell für das Kinderheim ins Leben gerufener – „eckiger Tisch", der sich aus Vertretern des Jugendamtes, der örtlichen Polizei, Streetworkern, des Kinderheims und des Landratsamtes zusammensetzt, gelingt es, des Problems Herr zu werden. Nachdem einzelne Gespräche zu keiner Verbesserung führen, werden einige Jugendliche aus dem Kinderheim auf andere Einrichtungen verteilt. Joshua ist davon allerdings nicht betroffen. Unter strenger Aufsicht und einem – eigentlich für aus der Haft kommende Jugendliche zuständigen – an die Seite gestellten Sozialarbeiter gelingt es ihm, den Hauptschulabschluss im Kinderheim am See zu erreichen.

„Hier ist es!", spricht er zu sich selbst. Wieder einmal ist es Joshua, der vor der Turnhalle des Kinderheims am See steht und auf die Fassade blickt. Dieses Mal allerdings nicht als problembelasteter

Heranwachsender, für den es dennoch eine Chance im Lebe geben könnte, sondern als 34-jähriger gezeichneter Mann. Eine abgebrochene Berufsausbildung als Landschaftsgärtner, neun Monate in Jugendhaft und Jahre der Arbeitslosigkeit im System der Grundsicherung liegen hinter ihm. Seine Zukunft scheint belastend ungewiss. Wie so viele Menschen in dieser Situation richtet er daher lieber den Blick in die Vergangenheit und zeichnet dabei ein Bild, das weniger an eine mögliche Realität heranreicht, aber dennoch seine ganz eigene Realität darstellt. Stolz blickt er auf eine Zeichnung links oberhalb der Nordseite der Turnhalle. Diese soll – zugegeben auf den ersten Blick nicht eindeutig erkennbar – einen getunten lilafarbenen Opel Astra darstellen. In diesem sitzt ein kleiner Junge, neben einer älteren Person. Die Zeichnung, überragt von der Überschrift „Heimfahrtwochenende", stammt aus Joshuas Abschlussprüfung, mit der er den Notendurchschnitt seines Hauptschulabschlusses auf 3,4 heben konnte. Sie stellt den bislang größten Erfolg seines Lebens dar, wie er nun feststellt. Er zückt sein mit Ratenzahlung finanziertes Smartphone und schießt ein Bild, das er anschließend auf Social Media teilt. In kürzester Zeit erhält er ganze zwei Likes – mehr als sonst. So viel Anerkennung hat er schon lange nicht mehr bekommen. Er spürt, dass er auf dem richtigen Weg ist. Er möchte sein Leben ändern, wie in den letzten Jahren schon so häufig. Ob es ihm dieses Mal gelingen wird?

TRAVICAS WORTE

Frischgepresste Heuballen, brummende Insekten und der surrende Motor eines Elektrobikes: Travica ist auf Tour – 21 Kilometer liegen bereits hinter und 13 noch vor ihr. Es ist Ostersonntag 2020, im Jahr 1 von Corona. Normalerweise würde sie jetzt mit ihren zwei Töchtern und drei Söhnen bei Kaffee und Kuchen zusammensitzen und ihre beiden Enkeltöchter bestaunen. Doch dieses Jahr ist alles ein wenig anders. Bereits seit drei Wochen lebt sie aufgrund ihres Alters als Angehörige der sogenannten Risikogruppe in Isolation. Keine Besuche und zwischenmenschliche Kontakte nur über das Mobiltelefon. Glücklicherweise hat ihr jüngster Sohn ihr vor zwei Jahren WhatsApp erklärt. So bekommt sie wenigstens regelmäßig Bilder von ihren Liebsten und fühlt sich dadurch weniger einsam. Dennoch: Diese Zeit ist hart. Seit dem Tod ihres Mannes Norbert vor vier Jahren ist die 74-jährige allein in ihrem großen Haus und fühlt sich unvollständig. Der Verlust hat sie in ein tiefes Loch gestürzt, das sie überraschenderweise schneller als gedacht hinter sich lassen konnte. Sie ist erstaunt darüber, wie selbstständig sie ihr Leben meistert. Die Isolation der letzten Wochen wirft sie allerdings wieder zurück. Zu sehr muss sie sich mit den Gedanken an die Vergangenheit auseinandersetzen. Um einen freien Kopf zu bekommen und kein Trübsal zu blasen, stieg sie eben aufs Fahrrad, um mit ihrem Elektrobike eine Fahrradtour zu unternehmen. Ausgestattet mit einer 0,5 l Mineralwasserflasche, einer Thermoskanne voll Kaffee, einem Apfel und einem belegten Brötchen entschied sie sich, Ostern dieses Jahr ein wenig anders zu feiern. Als Ziel suchte sie sich ein entlegenes, ein paar Dörfer weiter im Wald liegendes, ehemaliges Bauernhaus heraus. Dieses ist ihr noch von Besuchen mit Norbert bekannt. Auf der Rückseite des Bauernhauses wächst Bärlauch, von dem sie etwas pflücken möchte. Gedankenverloren strampelt sie in ihre Pedale, als sie ihr Mobiltelefon klingeln hört. Regelkonform hält sie an, steigt vom Fahrrad und stellt sich auf die Wiese, um auf der ruhigen Fahrbahn den Weg nicht zu versperren. Am anderen Ende der Leitung ist ihre älteste Tochter Miriam, die ihr frohe Ostern wünscht. Die kinderlose Zahnärztin lebt viereinhalb Stunden entfernt von Travica in Bonn. Sie unterhalten sich über das schöne Wetter und Travica erzählt von ihrer Tour. „Aber nicht, dass du Osterglocken pflückst. Mama, du weißt, wie gefährlich diese sind", ermahnt Miriam sie. Erst letztens habe eine Familie Osterglocken mit Bärlauch verwechselt und sei ins Krankhaus eingeliefert worden. Travica schätzt die Fürsorge ihrer Tochter, lässt sich davon allerdings nicht beirren. Schließlich ist ihr Garten ihr ein und alles und in Sachen Kräutern können ihr die Wenigsten das Wasser reichen, wie sie findet. Nein, hat Travica sich etwas in den Kopf gesetzt, lässt sie sich nur schwer davon abbringen.

Diese Erfahrung musste auch auf drastische Art und Weise ihre Mutter sammeln. Im heutigen Bosnien, einem der Nachfolgestaaten des ehemaligen Jugoslawiens, als älteste von vier Kindern aufgewachsen, musste Travica früh lernen, für sich und ihre Geschwister zu sorgen. Während der Vater wochenweise auf Baustellen in Österreich und die Mutter als Reinigungskraft im Rathaus arbeitete, kümmerte sich Travica um ihre Geschwister. Mit 16 begann sie in einer Textilfabrik Stoffe für Tischdecken und Kleider zu weben. Häufig träumte sie davon, sich aus diesen Stoffen eigene Kleider zu nähen. Die Geschichten, die ihr Vater über Österreich erzählte, ließen sie früh von einer anderen Welt mit vielen Möglichkeiten träumen. Als das deutsche Arbeitsamt Ende der 1960er in Bosnien nach Arbeitskräften suchte, entscheid sich Travica, ihrem Schicksal eine Wendung zu geben.

Um ihren Arbeitsplatz in der Textilfabrik nicht zu gefährden, unternahm sie einen Tagesausflug über die Grenze nach Kroatien und meldete sich bei den dortigen deutschen Vertretern als Interessentin. Als wenige Wochen später der Bescheid und das Arbeitsvisum per Post kamen, deutete sie ihrer Mutter das Vorhaben vorsichtig an. Diese verlor vollkommen die Fassung und erklärte ihr, dass dies für eine Frau nichts sei. Nachts schlich sie sich in Travicas Zimmer und durchwühlte die Schränke auf der Suche nach ihrem Pass. Travica stellte sich schlafend und drückte den unter ihrem Nachtrock versteckten Reisepass fest an sich. Ihr wurde bewusst, dass ihre Mutter nichts unversucht lassen würde, die Abreise zu verhindern, weshalb sie ihr die endgültige Zusage verschwieg. Stattdessen schmiedete sie einen Plan, der es in sich hatte: Am Abend vor ihrer Abreise übernachtete eine Freundin bei ihr, die ebenfalls eine Zusage für einen Arbeitsplatz in Deutschland bekommen hatte. Mit ihr würde sie gemeinsam die Reise antreten. Ihrer Mutter erklärte sie, dass die Freundin auf dem Weg zu ihrer Verwandtschaft nach Kroatien sei. Für eine Nacht schliefe sie bei ihnen. Damit ihre Mutter keinen Verdacht schöpfen würde, überreichte Travica der Freundin über das Hinterhausfenster heimlich ihren gepackten Koffer, den diese dann als ihren ausgab. Unter dem Vorwand, ihre Freundin zum Bus zu begleiten verließen die jungen Frauen das elterliche Haus am nächsten Vormittag mit zwei vollgepackten Koffern. Einzig Travicas Schwester wurde von ihr eingeweiht, um später die sich bereits sorgende Mutter aufzuklären.

Von Bosnien aus ging es per Bus zunächst nach Zagreb und von dort aus mit einem vom deutschen Arbeitsamt organisierten Gastarbeiter-Bus weiter in Richtung Allgäu. Voller Angst, bis zuletzt von der Polizei noch angehalten zu werden, weinte die am ganzen Körper zitternde Travica bis zur slowenischen Grenze in sich hinein. Sie wusste, wozu ihre Löwenmutter fähig war, um die Familie zu beschützen. Inständig hoffte sie, dass sich ihre Schwester mit der Wahrheit etwas Zeit lassen würde. Hoffnungsvoll, aber auch voller Schuldgefühle, dachte sie über die letzten Wochen nach. Gerne hätte sie sich anständiger verabschiedet, aber was tun, wenn die Mutter ihr Kind nicht ziehen lassen möchte? Zugleich war ihr bewusst, dass sie ihre Eltern damit zwar verletzen, diese aber nicht nachtragend sein würden. Erst als sie die slowenische Grenze passierten, fing Travica an, sich ihr neues Leben in Deutschland vorzustellen. Auf sie warteten eine besser bezahlte Arbeitsstelle und ein Dach über dem Kopf. Welche weitere Wendung ihr Leben noch nehmen sollte, wäre in diesen Stunden unvorstellbar gewesen.

„Travica, du bist mit Slata, Marija und Vida in einem Zimmer". Nach einer gefühlt tagelangen Busfahrt sind die jungen jugoslawischen Frauen in Deutschland angekommen und beziehen nun ihre Zimmer. In den nach Geschlechtern getrennten Unterkünften sollen die sich fremden Frauen auf engstem Raum zusammenwohnen – kein Dauerzustand, sondern eine Übergangslösung, wie die Leiterin der Unterkunft ihnen gerade versichert. Was nach vorprogrammiertem Zickenkrieg und viel Stoff für Streitereien klingt, wurde für Travica ein neues Zuhause und die Kolleginnen zu einer zweiten Familie. Tagsüber arbeiteten sie in verschiedenen Fabriken und erkundeten nach Feierabend und am Wochenende gemeinsam die Umgebung. Auch auf der Arbeit fand sich Travica schnell zurecht. Am ersten Tag – unter dem Eindruck der großen Produktionshalle und den vielen unbekannten Personen leicht verschüchtert – taute die lebensfrohe Frau schnell auf und lernte den internationalen Spirit sehr zu schätzen. Zugegeben, die deutschen Arbeitskolleginnen waren zu Beginn sehr zurückhaltend und reserviert, was sich bei einigen auch später nicht ändern sollte. Travicas Aufgabe bestand darin, Leiterplatten für Fernseh- und Radiogeräte auf ihre Richtigkeit zu überprüfen. Keine geistig anspruchsvolle, aber dennoch höchste konzentrationsfordernde Arbeit; eine von vielen, durch die das deutsche Wirtschaftswunder der späten Nachkriegszeit erst möglich und die aus Travicas Sicht gut entlohnt wurde.

Jeden Freitag gab es einen Vorschuss und am Ende des Monats nach der Endabrechnung den restlichen Lohn, von dem sich die jungen Frauen nach Abzug der laufenden Kosten und einer Abgabe an die heimische Familie durchaus auch etwas gönnten. Ihr Lieblingsort war der jeden Samstag stattfindende Wochenmarkt. Vida, die am besten von allen Vieren Deutsch sprechen konnte, verhandelte für sie an den Ständen. Am Käsestand empfahl ihnen die Verkäuferin Limburger Käse und pries diesen als typisch deutschen Käse an. Die Frauen rund um Travica hatten allesamt von diesem Käse noch nichts gehört und setzten ein skeptisches Gesicht auf. „Ist gut, sehr gut, wird euch schmecken gut", erklärte die Verkäuferin in scheinbar leichtem, aber grottenschlechten Deutsch den interessierten und kichernden Frauen. Zusammen mit einem französischen Baguette bewaffnet, machten sie sich hungrig auf den Heimweg. Neugierig um den Küchentisch stehend, öffneten sie die Verpackung und machten einen angeekelten Schritt zurück. Mit dem stinkenden Käse konnte etwas nicht stimmen. Leicht verärgert und unter dem Eindruck, um ihren hart verdienten Lohn betrogen worden zu sein, begaben sich die Frauen eilig zurück auf den Markt, um ihr Geld für den verdorbenen Käse zurückzuverlangen. „Das muss so sein. Ist gut. Musse essen, ihr werden schon verstehen", versuchte die Marktverkäuferin zu erklären. Aber keine Chance, die jungen Frauen ließen sich nicht beirren und forderten ihr Geld zurück. Um nicht weitere Kunden abzuschrecken, gab die Verkäuferin schließlich nach, jedoch nicht ohne dabei verächtlich zu blicken und ihnen die Zunge frech hinterher zu strecken.

„Wo ist mein Brötchen?", fragt sich Travica und kramt in ihrem Rucksack. Nach Telefonaten mit ihrer

Tochter ist sie immer etwas aufgewühlt. So auch jetzt, weshalb sie eine kleine Stärkung gebrauchen kann, wie ihr eben knurrender Magen schon während dem Gespräch verriet. Travica ist sehr stolz auf ihre Kinder, die alle, nach erfolgreichem Studium, mitten im Leben stehen. Ein Luxus, für den Travica und Norbert auf vieles verzichtet haben. Dennoch hat sie das Gefühl, dass ihre Kinder in leicht bevormundendem Ton besserwisserisch mit ihr, der Nicht-Studierten, sprechen und ihr eine gewisse Kopflosigkeit vorwerfen. Wann diese Entfremdung begann, kann sie nicht sagen. Seit dem Tod ihres Mannes wird sie allerdings immer deutlicher. „Da bist du ja", spricht sie freudig in ihren Rucksack hinein, um kurze Zeit später in ihr mit Limburger Käse belegtes Brötchen zu beißen. Zufrieden blickt sie in die blühende Umgebung, genießt schmatzend die Natur und schaut einer vorbeifliegenden Biene hinterher.

Dass der stinkende Limburger inzwischen ihr Lieblingskäse ist, liegt an Norbert. Den jungen Polizisten und ihren späteren Ehemann lernte sie bei einem seiner ersten Einsätze kennen. In der Frauenunterkunft wurde der Auszug einer der Gastarbeiterinnen gefeiert. Bei Gibanica und Radlerbier tanzten die Frauen zu heimatlicher Musik, was die einheimischen Nachbarn zur Beschwerde veranlasste. Travica, die inzwischen zu den älteren und am besten Deutsch Sprechenden gehörte, verhandelte mit der Polizei: Ihr einladendes und lebenbejahendes Lächeln zog ihn in ihren Bann und seine verbindlich-starke Art weckte ihre Gefühle. Es sollte allerdings noch ein halbes Jahr dauern, bis die beiden ein Paar wurden. Wenige Wochen nach dem Vorfall zog Travica selbst aus der Frauenunterkunft in ein Ein-Zimmer-Apartment, das auf dem Flur eines

Mehrfamilienwohnhauses lag. Mit der benachbarten Familie, die ihr die Wohnung untervermietete, teilte sie sich Küche und Bad. Zunächst etwas beobachtend zurückhaltend, wusste die Hausherrin Bianca, Travicas Gegenwart bald zu schätzen und wurde über die Zeit zu einer Vertrauten. Mangels genügend Geld für einen Friseurbesuch bat sie die dunkle Balkanfrau, wie sie sie unter ihren Freundinnen nannte, ihr die Haare zu schneiden.

„Travica, wo hast so gut Haareschneiden gelernt?", fragt sie die, mit einer um den Oberkörper gewickelten Tischdecke vor ihr auf einem Stuhl sitzende, Isolde, eine Freundin ihrer Hausherrin. „An euren Köpfen", denkt sich Travica grinsend, antwortet allerdings „Bei meiner Mutter", während sie vom unterdrückten Lachen husten muss. Für Travica war es ein langer Weg mit vielen guten freiwilligen Taten und Bemühungen ihrerseits, um in Deutschland Anerkennung und eine Behandlung auf Augenhöhe zu erfahren.

Mit Norbert zog sie ungefähr vier Jahre nach ihrem ersten Treffen in ein benachbartes Dorf, in dem die Bauplätze – im Gegensatz zu heute – sehr günstig waren und baute ihr Eigenheim. Die kritische Dorfgemeinschaft mied die Ausländerin und ging ihr aus dem Weg. Es dauerte sehr lange, bis die gesellige Frau Anschluss im Dorf fand. Die ersten Stunden im Turnverein wurde sie noch ignoriert und angewidert angestarrt. Erst im Laufe der Zeit, über die Geburt ihrer Kinder und durch mutige Dorffrauen, die das Eis brachen, fand sie Anschluss. Wie es scheint, ist sie gut integriert. Integriert zu sein bedeutet jedoch, seinen eigenen Kern abzugeben und jenen der anderen anzunehmen. Insofern ist die Integration an sich nicht das Erstrebenswerte, sondern das Teilwerden einer

Gesellschaft. Und Teil geworden ist Travica, die inzwischen seit 51 Jahren in Deutschland lebt und fester Bestandteil des Sportvereins ist.

Die rüstigen Rentner feiern jährlich ein großes Fest im Mai, um ihren Sportverein zu finanzieren. Aufgrund der Covid-19-Pandemie fällt das Fest in der üblichen Dimension dieses Jahr ins Wasser. Dennoch ließen es sich der Vorstand und die engeren Freunde des Sportvereins, allesamt Angehörige der sogenannten Risikogruppe, nicht nehmen, sich zu einem kleinen Grillfest zu treffen. Seit Wochen liegen Travica, die inzwischen bekannt für ihre Koch- und Backkünste ist, einige freudig-ungeduldig in den Ohren, was sie wohl als Speise mitbringen würde. Travica entschied sich für ein selbstgemachtes Dreierlei aus Gibanica, Brot und Bärlauch-Aufstrich.

Die gesellige Runde lässt das vergangene Jahr Review passieren, als Heribert jeglichen Knigge hinter sich lässt und einen politischen Monolog beginnt. Es ist das Jahr 2020, fünf Jahre nach dem Flüchtlingssommer 2015, Angela Merkel ist immer noch Kanzlerin und das Land ist mehr denn je in der Migrationsfrage gespalten. „Auf das ‚Wir schaffen das‘ kam kein ‚Wie wir das schaffen‘. Stattdessen sitzen die faulen Schmarotzer tagsüber in ihren Unterkünften, um abends unsere Frauen zu belästigen und uns mit Corona anzustecken", eschauffiert er sich. Anlass für seinen Ärger bereitete ihm ein Zeitungsartikel, in dem berichtet wurde, dass sich in der Erstaufnahmeeinrichtung der nächstgrößeren Stadt viele Menschen mit Covid-19 angesteckt hatten. „Was geben wir eigentlich Geld für

Corona-Tests bei denen aus? Die sind doch krank geworden, weil sie sich nicht benehmen können. Besser wäre es, die Unterkunft zuzusperren und abzuwarten", stimmt ihm Jürgen zu.

Travica ist schockiert. Das Flüchtlingsthema geht ihr schon lange auf die Nerven. „Gibt es kein anderes Thema mehr?", hatte sie sich die letzten Jahre häufiger gefragt. Umso erleichterter war sie zunächst, als alles durch Corona verdrängt wurde. Doch die alten Geister scheinen nur kurz geschlafen zu haben und nun wieder zurück zu sein. Mit zittrigen Beinen und schockiert, dass bislang keiner etwas entgegengehalten hat, beginnt sie – die sich in einer derartigen Runde nie politisch geäußert hat, um bloß nicht aufzufallen – die Rede ihres Lebens zu halten:

„Jürgen und Heribert, ernsthaft? Wovon reden wir hier? Das sind Menschen! Wo bleibt eure Menschlichkeit? Habt ihr die nach dem Sonntagsgebet in der Kirche zurückgelassen? Was habt ihr vor wenigen Wochen an Ostern gefeiert? War es nicht der Sohn einer Flüchtlingsfamilie, der für die menschlichen Gräueltaten büßen musste und dessen Auferstehung wir im Namen der Liebe feierten? Das muss ich, als ehemalige Muslima, euch erklären? Eure Worte verletzen mich. Den Großteil meines Lebens lebe ich in diesem wunderschönen Land. Können wir nicht froh darüber sein, was wir haben, ohne vor Angst, es zu verlieren, unser hässlichstes Gesicht zu zeigen? Ich bin nicht naiv, aber auch nicht bösartig. Natürlich können wir nicht jeden aufnehmen. Aber was, lieber Jürgen, lieber Heribert, macht euch zu besseren, wertvolleren Menschen, die es verdienen, hier zu sitzen und Grillwürste zu essen, während ihr es ihnen wünscht, in ihren Unterkünften zu sterben? Bin ich, wie ich hier unter euch sitze, kein Beweis dafür, dass Nationalität irrelevant und kulturelle Differenzen überwunden werden können?

Oder bin ich das nette Feigenblatt, das herangezogen wird, wenn die eigene Fremdenfeindlichkeit mit den Worten ‚Ich habe nichts gegen Ausländer' verleugnet wird. Keiner nimmt euch etwas weg. Wenn ihr etwas verloren habt, dann eure Menschlichkeit. Es waren allerdings nicht die Flüchtlinge, die sie euch genommen haben, sondern ihr euch selbst".

Sich ihrer eigenen Worte bewusst werdend, stockt Travica und blickt verunsichert in die Runde. Es sind keine Glatzköpfe in Springerstiefeln, die ihr gegenübersitzen. Es ist Jürgen, der ehemalige Vorarbeiter; Heribert, langjähriger Postbote; Ingeburg, die in ihrem Ruhestand ihrer Nachbarschaft immer noch die Haare schneidet; Ulf, der seine Rente durch Aktienkäufe in der Finanzkrise verdoppeln konnte und viele mehr. Was sie vorfindet, ist eine Mischung aus beschämt auf den Teller blickender Freunde und einiger sie wütend anstarrender Vereinsmitglieder. Es liegt eine explosive Ruhe in der Luft, die nach einigen Augenblicken von Jürgen unterbrochen wird. „Was fällt dir ein? Nach all dem, was wir für dich getan haben, so mit uns zu sprechen? Wer bist du, dass du dir herausnimmst, über uns und unseren Glauben so zu urteilen?", mit der Gabel in der Hand fuchtelt er wütend in ihre Richtung. „Was für ein Beispiel sollst du sein? Durchschmarotzt hast du dich. Ohne deinen Mann würdest du doch immer noch zu zwölft in einer Ausländerbaracke leben. Soll ich dir was sagen? Zu gut geht es dir. Das passiert, wenn man euch machen lässt". Jürgen blickt nun in die Runde und schaut jeden einzelnen nacheinander an. „Das, meine Freunde, passiert, wenn man sich auf solche einlässt. Sie werden aufmüpfig, beleidigen uns und halten sich für die besseren Deutschen". Nun an Travica gewandt: „Verschwinde, du hast hier nichts mehr verloren". Empört lachend blickt

Travica in die Gesichter ihrer Freunde. Die Erwartung, es springe ihr jemand bei und weise Jürgen zurecht, wird durch das erneute Schweigen enttäuscht. Mit Tränen der Wut ringend erhebt sie sich, greift nach der Tupperbox mit ihrem Bärlauch-Aufstrich und wirft sie Jürgen ins Gesicht. Als dieser aufspringt und in ihre Richtung stürmen möchte, wird er von Heribert und einem weiteren Herrn zurückgehalten. Es ist nun Monika, eine langjähre Freundin, die sich Travica zuwendet und das Wort an sie richtet: „Es ist wohl besser, wenn du jetzt gehst".

AMOUREUX

„Gut machst du das. Immer schön lächeln", die Modefotografin Fatima Balsaia ist stolz auf ihr Model, während sie wie wild geworden immer wieder den Auslöser ihrer Spiegelreflexkamera drückt. „Schau hier her, schau hier her... Genau, richtig so". Fatima ist ganz aus dem Häuschen. Sie ist zwar einiges gewohnt, aber diese Kampagne ist auch für sie etwas ganz Besonderes. Vor ihr posiert nicht irgendwer: Es ist „Amoureux", eine französische Birma-Katze und aktuell weltweit die gefragteste ihrer Art. Sie gehört dem Musiker und Schauspieler Roberto Themalmo, einem amerikanischen Superstar mit italienischen Wurzeln. Seines Zeichens bekannt aus Actionfilmen und Komödien. Machte er früher vor allem durch wilde Partys und Liebesgeschichten – meist mit Aktmodels aus Herrenmagazinen – auf sich aufmerksam, ist es nun „Amoureux", auf Deutsch die Liebende, die einzig an seiner Seite zu sein scheint. Einsamkeit und der Wunsch nach Geborgenheit ließen ihn zum Katzenhalter werden. Katzenliebhaber lieben Katzen im Bewusstsein, dass ihre

Liebe in Ablehnung Erwiderung findet. Doch Amourex ist anders und das Verhältnis der beiden legendär. So widmete er ihr sein letztes Album, das ihren Namen als Titel trägt und Platz 1 in 23 Ländern belegte. Doch dies sollte nicht alles sein: Seit zwei Wochen prägt ein Ebenbild von ihr seinen Oberarm. Es scheint jedoch nicht nur er allein zu sein, der sie anhimmelt. Die edle Katze hat inzwischen – auch durch ihre Social-Media-Kanäle – Kultstatus erreicht, weshalb sich diverse Marken um eine Kooperation mit ihr bemühen und ihr ein Vermögen hierfür anbieten.

Heute steht ihr erstes Shooting für eine weltweite Kampagne an, wofür sie jedoch keine Gage erhält. „Sie kann es sich leisten ohne Gage für den guten Zweck zu arbeiten", scherzt Roberto gegenüber der Fotografin Fatima. Amoureux posiert mit Kunstblut verschmiert gemeinsam mit dem deutschen Topmodel Magdalena Klein für eine Tierschutzorganisation und gegen das Tragen von Pelz. „Ihr geht uns alle ans Fell!", lautet der Titel der Kampagne. Während es Magdalena gewohnt ist, im Mittelpunkt zu stehen, ist nun das pelzige Model neben ihr der Star. In einer Shooting-Pause beschwert sie sich deshalb bei ihrer Managerin. Diese versichert ihr, dass ihr nichts Besseres hätte passieren können und die Zusammenarbeit mit Amoureux weltweit für Aufmerksamkeit sorgen würde. Und dies sollte es: Die Kampagne mit der Katzenschönheit geht durch die Decke und sorgt über mehrere Tage hinweg für Berichterstattung. Berichterstattung über die Katze und Tierquälerei; hingegen keine über ein deutsches Topmodel, das während der ganzen Phase noch weiter vor Wut schäumen sollte: „In den Schatten gestellt, von einer Katze?! Ich wünsche ihr, es wäre kein Kunstblut, sondern ihr eigenes".

Dies sollte nicht das letzte Shooting der Luxuskatze sein, die auf Anhieb zum bestbezahltesten Tiermodel der Welt wurde: „Yeah, cool down", ruft ihr Fotograf Rick zu, während sie mit einer aufgesetzten Sonnenbrille und neben sich mit einem Glas, aus dem ein Strohhalm ragt, auf einer Liege am Pool für einen Softgetränkehersteller wirbt. Die Woche darauf folgt der Dreh in einem Weltallstudio für das Musikvideo eines europaweit bekannten Rappers zum Song „Flying Cats". Ein Stromanbieter aus Russland und somit ein weiterer, zahlungskräftiger Kunde, lässt ihr das Fell wie wild durcheinander Bürsten, um so für seine Tarife zu werben. Und so häuft sich allein durch ihr Posieren ein kleines Vermögen an, wovon der Großteil der Bevölkerung nur zu träumen wagt. Von Zeit zu Zeit überstiegen die Gagen Amoureux auch die ihres Herrchens, was diesem keineswegs missfällt; ist es ja sein Geldbeutel, in den die Einnahmen fließen.

„Schön, dass es dich gibt", flüstert er der auf seinem Schoß liegenden Katze völlig erschöpft, aber total liebevoll zu, während er ihr durch das weiche Fell streichelt. Im Schatten seiner Katze gelingt es Roberto, sich ein wenig zurückzuziehen. Diese Ruhe kann er aufgrund einer chronischen Lungenentzündung, die ihn seit rund fünf Monaten immer wieder außer Gefecht setzt, gut gebrauchen. Seit Wochen ist er nun bettlägerig und dadurch missmutig. Einzig seine Katze gibt ihm Trost und Kraft. „Früher oder später wirst du auch die Erfahrung sammeln, wie dich die Kräfte deines Körpers verlassen, meine Liebe. Dann heißt es: ‚Durchbeißen und nicht aufgeben'", erklärt er ihr, als handle es sich um einen Menschen, der ihn verstünde. In der gleichen Pose wird er am nächsten Tag gegen Mittag von Boris Melinski entdeckt. „Roberto?", es ist sein Manager, der ihn tot auffindet – auf dem Schoß seine anhängliche Katze, die – um ihr Herrchen zu beschützen – jeden Versuch Boris´ und später der Rettungskräfte, sie von Roberto zu nehmen, mit den Krallen ihrer Tatzen zu verhindern versucht. Dies sollte Roberto jedoch auch nicht helfen. Und so wurde aus der geliebten und verehrten Amoureux mit einem Schlag ein zurückgelassenes Waisentier. Ein Schicksal, das jährlich Abermillionen Haustiere mit ihr teilen. Ihnen jedoch nicht gemein ist das Erbe. Um für seine Liebste zu sorgen, hinterließ Roberto seinem Manager Boris einen Großteil seines Vermögens unter der Auflage, er möge für Amoureux sorgen.

„Vermisst du ihn auch? Es ist sehr ruhig geworden, seitdem er von uns gegangen ist", aufmerksam blickt Boris auf die im gegenüberliegenden Katzenbau essende Amoureux. Als habe sie die Worte verstanden, lässt sie von ihrem Napf ab und kuschelt sich nachdenklich in den eigens für sie maßgeschneiderten Wollteppich. Boris´ Versuch, sie zu streicheln, endet in einem länglichen Kratzer auf dem Handgelenk. „Bist du verrückt? Das tut weh!", schnauzt er sie an. Während der Tod von Roberto sich bislang nicht negativ auf die Nachfragelage der Katze auswirkte, sondern – ganz im Gegenteil – ihren Marktwert zwischendurch um gut ein Drittel steigerte, profitierte das Gemüt der Katze nicht in gleichem Maße vom Tod ihres Ziehvaters. War sie bislang stets professionell am Set, verhält sie sich nun wie eine gewöhnliche Katze, die gerne Mal die Utensilien umschmeißt und insgesamt schwierig ruhig zu halten ist. Sie gilt nun als mürrisch, angriffslustig und träge. Letztens erst verkratzte sie das Gesicht eines Kinderschauspielers bei Aufnahmen für eine Verfilmung ihrer Katzengeschichte. Sehr zu Boris´ Missfallen: Nahm er anfangs die Rolle des Erbverwalters und „Managers" der Katze an und kümmerte sich fürsorglich um sie, lockt ihn nun immer mehr der Genuss des Luxus.

„Ihr habt aber eine schöne Wohnung", ruft ihm das Unterwäschemodel Tiziana Bergamo, auf die er schon länger ein Auge geworfen hatte, durch den lauten Sound der dröhnenden Musik entgegen. Neuerdings veranstaltet Boris regelmäßig Partys im bis dato der Öffentlichkeit unzugänglichen geerbten Luxus-Apartment. „Ihr?", fragt Boris ebenso laut und verwundert zurück. „Na du und Amoureux. Im Grunde ist es ja ihre Wohnung", erwidert sie. „Wie bitte? Ich bin doch nicht der Sklave dieser Katze. ICH habe das hier alles geerbt", ruft er deutlich aufgebracht und zeigt um sich. „Wie soll eine Katze bitteschön Eigentümerin all dieser Dinge sein? Das ist doch verrückt!". Den rechten Arm ausgestreckt deutet er mit dem Zeigefinger auf die Tür der Abstellkammer: „Hier gehört sie hin. Dieses Vieh. War längst fällig, sie aus dem größten Zimmer hier zu verbannen". Halb belustigt, halb irritiert lässt Tiziana ihn stehen und widmet sich einer Schar anderer Gäste.

Als spätnachts der Letzte die Party verlässt, öffnet Boris angetrunken die Tür zur Abstellkammer, woraufhin ihn Amoureux am Arm kratzend attackiert. Mit einem lauten und schmerzerfüllten Schrei springt er zurück. „Wer glaubst du wer du bist?", ärgert er sich. „Ich muss dir zeigen, wer hier das Rudel anführt", spottet er sie an und packt sie am Schwanz. Mit einer kräftigen Bewegung schleudert er die Katze quer durch den Raum. Wie durch ein Wunder landet sie unverletzt auf allen Vieren. Böse faucht sie ihn aus der Ecke an und stößt eine naheliegende Vase im fünfstelligen Eurobereich um, deren rapider Wertverlust durch ein lautes Klirren bescheinigt wird. Eine Erwiderung von Boris lässt nicht lange auf sich warten: „Du Monster hast hier viel zu lange unter einem Dach mit mir gelebt. Damit ist nun Schluss. Jetzt zeige ich dir mal, wie eine Katze lebt, die sich wie du verhält", blafft er sie an. Dieses Mal packt er sie mit beiden Händen am Bauch und trägt sie unter ihrem fauchenden Widerstand vor die Tür. „Schau, wie du klarkommst", ruft er ihr hinterher, während er auf seine verkratzten Hände blickt.

Noch nie eine Maus aus der Nähe gesehen, ist die Birma-Katze das erste Mal auf freier Tatze. Sie hat keine Ahnung, wie sie sich selbst versorgen soll, wie ihr hilfloses Miauen unter Beweis stellt. Daher entschließt sie sich, vor dem Hauseingang zu warten. Als jedoch wenige Minuten später ein freilaufender Pudel auf sie zugestürmt kommt, flüchtet sie sekundenschnell und verliert sich im Nichts des Großstadtdschungels. Nun beginnt es auch noch zu regnen, dabei kann sie Feuchtigkeit nicht ausstehen. Auf der Suche nach dem Trockenen entfernt sie sich immer weiter von ihrem Zuhause. Im dunklen Stadtpark angelangt, wird sie heute ein zweites Mal von einem freilaufenden Hund verfolgt – nun von einer jagdgetriebenen Bracke.

Völlig außer Puste flüchtet sie auf eine

naheliegende, verregnete Straße. Ein stumpfer Schlag dokumentiert ihren Aufschlag auf dem heranrasenden SUV. Selbst wenn er nicht gerade auf sein Mobiltelefon geblickt hätte, um eine neue Playlist zu öffnen, wäre es dem Fahrer in der Dunkelheit und wegen des Regens unmöglich gewesen, ihr auszuweichen, ohne sich selbst zu gefährden. Leicht beschämt blickt er aus dem hinteren Fenster und gibt nun weiter Gas. „Was soll´s, ist halt eine Streunerkatze", denkt er sich. Am Straßenrad bleibt von Amoureux ein blutverschmierter Fellknäul übrig. Dieser wird von einer vorbeilaufenden und gutaussehenden Passantin entdeckt. „Oh, das arme Tier", stößt Magdalena Klein aus, die für Aufnahmen in der Stadt ist und einen langen Shooting-Tag hinter sich hat und sich nun fragt, ob das Content für ihr Social-Media sein könnte. „Zugleich aber auch unheimlich", denkt sie sich, als sie auf das gegenüberliegende hausgroße Werbeplakat blickt, auf dem eine ihr bestens bekannte Tierschutzorganisation mit einer blutverschmierten Katze wirbt. „Sieht aus wie Amoureux".

FREUNDSCHAFTSKUMMER

Nachdenklich schaut Orell in die Weite der vor ihm liegenden, atemberaubend schönen Landschaft. Es ist jedoch nicht nur die Landschaft, die ihm gerade den Atem raubt. Er weiß, was gleich auf ihn zukommt. Sein Bauch spielt verrückt und schmerzt. „Bloß nichts anmerken lassen", denkt er sich. „Wo soll ich anfangen?", beginnt er das Gespräch mit einer offenen Frage. „Da, wo es für dich am sinnvollsten erscheint", antwortet Geraldine.

Das Schicksal hatte sie zusammengeführt und sich dafür entschieden, ihre Wege wieder zu trennen. Launisch, wie es ist, scheint er allerdings nicht so recht zu wissen, was es mit den beiden vorhat. Mitten im Grindelwald, am Rande ihrer Freundschaft, stehen sie hier vor den Scherben ihrer gemeinsamen Zeit. Orell und Geraldine lieben sich, allerdings auf unterschiedliche Art und Weise. Sie glaubt an die platonische Liebe, er nicht einmal seinen eigenen Gefühlen. Eine Beziehung ist für sie nicht vorgesehen. Dennoch gehen sie den gleichen

Weg. Dieses Mal gemeinsam, wie es in Zukunft aussehen wird, ist ungewiss.

Geraldine blickt auf den gefrorenen Teich, der, umrandet von einer Schneelandschaft, vor ihnen liegt. Sie wartet auf seine Erklärung. Eine bessere Kulisse hätten sie für dieses Gespräch nicht auswählen können: Auch über ihnen liegt eine Eisdecke, die es zu durchbrechen gilt. „Nun gut, ich versuche es, du darfst mir meine Gedanken aber nicht übelnehmen", bittet er sie. „Orell, nichts ist für mich schlimmer, als nicht zu wissen, was los ist und dich so, wie die letzten Wochen, erleben zu müssen", erklärt sie und gibt ihm damit zu verstehen, dass er nun alles auf den Tisch packen soll. Geraldine schaut ihm konzentriert in seine rehbraunen Augen, die sie schmerzerfüllt anblicken. Diesen Blick hat er ihr die letzten Wochen des Öfteren zugeworfen. Meist in Situationen, in denen er sich vermeintlich heimlich wegschleichen und ihr aus dem Weg gehen wollte. Wenn er ernsthaft glaubte, dass ihr das entgangen sei, hat er sich mächtig getäuscht. Jeder einzelne Aus-dem-Weg-gehen-Versuch ist ihr aufgefallen. Es blieb nicht nur beim Auffallen, es verletzte sie auch sehr.

„Die beiden haben sich gefunden", dachte sich jeder, der sie bis zuletzt gemeinsam erlebte. Orell und Geraldine arbeiten im gleichen Bürokomplex, in dem sich kleinere Unternehmen einzelne Büros anmieten können. Wie es der Zufall wollte, trafen die beiden – sie, die politische Referentin einer Schweizer Nationalrätin und er, der Personalverantwortliche eines Start-ups – aufeinander. Nach kurzer Kennenlernphase verbrachten sie von nun an jede Mittagspause und häufig noch einige ihrer Feierabende gemeinsam. Waren sie mal wieder in eines ihrer Gespräche verwickelt, war es für Außenstehende nahezu unmöglich, an sie heranzutreten. „Wie in einem eigenen Universum sind die beiden miteinander vertieft und nicht zu greifen", tuschelte eine Arbeitskollegin von Orell hinter vorgehaltener Hand, während die andere erwiderte, sie spüre eine sexuelle Spannung. Die Freundschaft von Orell und Geraldine lebt von tiefgründigen Gesprächen, die sie in stundenlangen Spaziergängen zelebrieren, die gerne auch erst um zwei Uhr nachts bei totaler körperlicher Ermüdung enden. Als intensiv, schön und fruchtbar beschreibt Geraldine diese Gespräche. Sie reden viel über Politik, was Geraldine, auch ihres Berufes wegen, sehr gefällt. Besonders imponiert ihr aber die Tatsache, dass Orell ein Mann des Volkes ist. Seine Ausführungen und Vorschläge sind meist von unten nach oben gedacht. „Das versteht kein Bürger!", „Die können sagen, was sie wollen, aber das glaubt doch kein normaler Mensch", kommt häufig von ihm, wenn er sich mal wieder über die politischen Akteure in der Schweiz beschwert. Orell, der ebenfalls nicht auf den Mund gefallen ist, beschreibt Geraldine als seine Zwillingsschwester, was sie wiederum sehr stolz macht – hat sie sich doch schon immer einen Bruder gewünscht. Doch plötzlich, aus dem Nichts, zog sich Orell komplett zurück. Ohne Begründung und ohne Ausblick auf die Zukunft. Ein Zustand, der Geraldine schwer zusetzt. Ist Orell doch einer ihrer engsten Vertrauten, fühlt sie sich nun wie eine nach dem Einkauf unbrauchbar gewordene Plastiktüte.

„Es tut mir leid, dass ich dich schlecht behandelt habe", unterbricht er das unangenehme Schweigen. „Es ging aber nicht anders. Ich musste mir selbst bewusst werden, was mein Problem ist", erklärt er mysteriös weiter. „Komm doch mal endlich zum Punkt und druckse nicht so herum", denkt sich Geraldine ungeduldig, nickt ihm aber aufmunternd zu. „Ich habe mein Vertrauen in dich verloren", führt er fort und wartet ihre Reaktion ab. „Gut, soweit waren wir schon. Beziehungsweise, das konnte ich mir denken. Möchtest du vielleicht etwas konkreter werden?", Geraldine wird nun auch nach außen hin etwas ungeduldiger. Als sie merkt, dass Orell droht, sich wieder in sein Schneckenhaus zurück zu ziehen, wirft sie hinterher, dass sie alle Zeit der Welt hätten. „Du bist verheiratet, wir sind befreundet. Dennoch war vieles in den letzten Wochen nicht wie in einer Freundschaft", beginnt es nun aus ihm herauszubrechen. „Viel zu nah sind wir uns gekommen, viel zu intensiv war die Zeit. Nicht normal", Orell wird immer schneller. „Ich habe mich gefragt, was dein Interesse an mir sein könnte. Warum verbringst du so viel Zeit mit mir? Warum bin ich es, dem du jeden Gedanken mitteilst?" Geraldine beginnt so langsam eine Ahnung davon zu bekommen, worauf er hinaus möchte. „Letztlich komme ich zu dem Schluss, dass du mich verführen möchtest." Das war es nicht, was Geraldine erwartet hat. „Wie bitte?!", denkt sie sich. Als hätte er ihr Fragezeichen aus dem Gesicht abgelesen, setzt er fort: „In Zeiten von offenen Beziehungen ist dies sicher nicht ungewöhnlich. Ich möchte aber nichts mit dir, was über eine normale Freundschaft hinaus geht. Nein, ich habe Angst davor, von dir verarscht und gedemütigt zu werden. Du weißt, wie meine letzte Beziehung geendet hat. Nadjas Seitensprung hat mir den Boden unter den Füßen weggerissen. Auch meine Eltern haben sich wegen meiner fremdgehenden Mutter getrennt. Ich möchte und kann nicht der Grund für einen Ehebruch sein." Orell holt tief Luft. Nun ist es raus, unumkehrbar ausgesprochen. Verunsichert blickt er in

Richtung Geraldine, die ihm zu verstehen gibt, dass sie einen Moment zum Nachdenken braucht.

Die Sekunden ihres Nachdenkens sind reine Qual für ihn. Für gewöhnlich muss er nicht lange warten, wenn er etwas möchte. Orell stammt aus einem bürgerlichen Elternhaus. Der Erfolg wurde ihm früh in die Wiege gelegt. An Essen, Bildung und materieller Ausstattung fehlte es ihm nie. Was das Thema Zuwendung betrifft, sieht es schon etwas anders aus, auch wenn er dies nicht ganz so recht wahrhaben möchte. Schon früh musste er für sich selbst einstehen und viele Schlachten der Kindheit und Jugend alleine schlagen. Im Großen und Ganzen schwärmt er von seinen künstlerischen Eltern, die ihm im entscheidenden Moment immer zur Seite stehen. Orell wurde am 13. März im blühenden Frühjahr geboren. So konnte er als frischgeborener Säugling die ersten warmen Sonnenstrahlen genießen; etwas das sich in seinem Gemüt widerspiegelt. Er sucht das Glück und meist auch mit Erfolg. Egal, welches Problem vor ihm liegt, Orell sieht das Positive darin und den Weg aus der Situation heraus. Umso erstaunlicher – für Geraldine unerträglich – ist sein leidender Blick, den er die letzten Wochen und nun auch in dieser Situation wie ein Tiefdruckgebiet vor sich trägt.

„Danke für deine Ehrlichkeit. Natürlich verletzen mich deine Worte, aber zunächst bin ich froh endlich zu wissen, was dein, beziehungsweise unser Problem ist", setzt sie an. „Zugegeben, unsere Freundschaft ist sehr intensiv, aber gerade das schätze ich an ihr. Du bist für mich wie ein Bruder, der mir wirklich sehr wichtig ist. Wieso sollte ich dich verführen wollen? Orell, ich bin verheiratet. Das würde ich doch nicht für ein bisschen

Sex aufs Spiel setzen. Auch nicht unsere Freundschaft. Wenn ich Geschlechtsverkehr möchte, schlafe ich mit meinem Ehemann. Und wenn dies nicht möglich sein sollte, warum auch immer, dann sicher nicht mit jemandem wie dir, der mir so nahesteht und dessen Freundschaft ich mehr schätze als eine blöde Bettgeschichte".

Geraldine weiß nicht wohin mit ihren Gefühlen und Gedanken. Seit gut zwei Jahren ist sie glücklich mit Thorin verheiratet. Er ist der Ehemann, den sie sich immer gewünscht hat: Gutmütig, liebevoll und gebildet. Genau wie ihr Vater, ihr großes Vorbild, das viel zu früh aus ihrem Leben ausgeschieden ist. Aber warum stellt Orell dies nun in Frage? Und schlimmer: Warum unterstellt er ihr, ihm gegenüber, solch eigenartige Absichten? Es ist allerdings nicht das erste Mal, dass ihr jemand über eine Freundschaft hinausgehende Absichten unterstellte, allerdings bislang niemand, der ihr so nah stand und dessen Reaktion sie derart traf. Geraldine ist ein offener Mensch, die den Anschein einer von Grund auf positiven Person erweckt. Sie versucht – mal mehr, mal weniger, wobei das Mehr überwiegt – jedem Menschen mit Respekt und Interesse zu begegnen. So entsteht auch häufig der Eindruck, sie verstehe sich mit jedem gut und sei leicht für eine Freundschaft zu haben. Ein Eindruck, der jedoch täuscht: Geraldine ist ein durch und durch misstrauischer Mensch, der selten jemand in ihr Inneres blicken lässt. Wenn sie aber jemanden zu ihrem Freundeskreis zählt, dann richtig. Freundschaften bedeuten ihr viel; oftmals mehr als anderen Menschen. Geraldine hat unglaubliche Verlustängste, die sie sich nicht eingestehen möchte, die aber dazu führen, dass sie auch gerne mal an Freundschaften klammert. Sobald eine

Freundin oder ein Freund von ihr Abstand nimmt, beginnt sie, an sich, an der Person und an der Freundschaft zu zweifeln. Umso härter hat sie Orells Verhalten der letzten Wochen getroffen und verunsichert.

Orell und Geraldine laufen schweigend-nachdenklich nebeneinander weiter durch den Schnee. Unter ihren Füßen knackt regelmäßig das Eis. Währenddessen strahlt ihnen die Sonne unverschämt freudig ins Gesicht. Und wieder ist die landschaftliche Kulisse um sie herum traumhaft schön und erinnert an den James-Bond-Film „Skyfall". Es fehlt nur noch Adele, die pathetisch den gleichnamigen Song trällert, und die Weltuntergangsatmosphäre wäre perfekt. Geraldine möchte das Schweigen brechen. Nicht nur das, sie möchte um diese Freundschaft und gegen Orells Eindruck kämpfen: „Kannst du dich noch daran erinnern, wie ich dich bei deinem Versuch, Ursi zu erobern, unterstützt habe? Macht man das, wenn man jemanden für sich haben will? Das widerspricht doch vollkommen jeder Logik". Orell nickt und lächelt verbittert, als hätte er schon darauf gewartet, dass sie mit Ursi argumentieren würde. „Das stimmt und glaub mir, das hatte ich auch in meine Abwägung miteinbezogen. Allerdings bist du eine sehr, sehr intelligente Frau. Und natürlich schafft man so auch Nähe, wenn man jemanden dabei unterstützt, seinen Schwarm zu erobern. Vielleicht ist das ja Teil deines Plans". Geraldine merkt, wie ihr Mitgefühl weicht und Wut ihren Bauch füllt. Am liebsten würde sie ihn anschreien und fragen, was er sich eigentlich einbilde. Ihr liegt schon auf der Zunge, ihm unter die Nase zu reiben, dass er Thorin bei weitem nicht das Wasser reichen könne. Gleichzeitig ist er ihr sehr wichtig. Sie möchte ihn nicht verlieren. Sie weiß auch, dass Orell ein sehr durchdachter Mensch ist, der zwar vieles hinterfragt, eigentlich alles, aber dennoch im Ergebnis sehr gerecht sein möchte. Warum aber nicht bei ihr? Umso tiefer trifft sie sein Vorwurf. Sie möchte nun vollständig erfahren, wie er konkret auf diese Gedanken kommt und ihm diesen Unsinn ausreden.

Um ihm zu zeigen, wie absurd sie seinen Vorwurf findet, stellt sie ihm eine Frage: „Orell, ich werde dich gleich etwas fragen, das du mir hoffentlich ehrlich beantworten wirst. Sei mir für diese Frage nicht böse. Auf deine Antwort aufbauend, möchte ich dich von meinen Motiven und dem berechtigten Vertrauen in mich überzeugen." Er nickt und gibt ihr damit zu verstehen, dass er sich auf ihr Vorhaben einlässt. „Hast du Gefühle für mich?", schießt es aus ihr heraus. Wie ein aufgeschrecktes Reh schaut er sie an und antwortet nach einer längeren Pause schüchtern: „Weiß ich nicht." Mit dieser Antwort hatte Geraldine nicht gerechnet. „Teilweise fühlt es sich so an, aber immer auch schlecht, weshalb es nicht richtig sein kann. Treue und Kinder sind mir wichtig. Wie sollte ich dir danach nur jemals vertrauen können? Ich weiß, dass ich später einmal Frau und Kinder haben möchte, was mit dir definitiv nicht möglich sein wird". Das sitzt. Das eine ist sein Vorwurf, das andere, ihre Unfruchtbarkeit ins Spiel zu bringen. Was hat das nun miteinander zu tun? Bevor sie darauf eingeht holt sie tief Luft. Als sie merkt, dass ihre Wut zu eskalieren droht, wartet sie erneut einen Moment, um diplomatische Worte zu finden: „Puh, okay. Auch hier wieder vielen Dank für deine Ehrlichkeit. Ich bin mir sicher, dass es dich einiges an Überwindung gekostet haben muss, mir auf diese Frage ehrlich zu antworten.", beginnt sie und bemerkt, wie sie beim Aussprechen dieser Worte innerlich etwas ruhiger wird. „Natürlich habe ich nicht mit dieser Antwort gerechnet. Damit hast du meine Argumentationskette nun vollkommen zerschossen". Beide lachen, auch wenn ihnen eigentlich nicht danach ist. „Zunächst möchte ich dir sagen, dass es mir fern liegt, deine Lebensplanung in irgendeiner Weise in Frage zu stellen oder durcheinander zu bringen. Auch hier möchte ich wieder erwähnen, dass ich bereits verheiratet bin", erklärt sie und denkt sich, dass das Argument keiner weiteren Erklärung mehr bedürfe. Als sie aber merkt, dass ihn dies nicht sonderlich zu überzeugen scheint, setzt sie fort: „Du bist ein attraktiver Mann, ich kenne aber viele attraktive Männer. Wenn ich nun mit jedem ins Bett wollen würde, wäre ich nur noch damit beschäftigt. Du bist mir wichtig, aber als Freund. Es tut mir leid, dass ich dir den Eindruck vermittelt habe, mehr von dir zu wollen. Dem ist aber nicht so". Orell schaut sie schüchtern an, wirkt aber etwas erleichtert. Er scheint ihr zu glauben, dass ihre freundschaftlichen Motive echt und nicht manipulativer Art sind. Auch wenn sie immer noch nicht verstanden hat, worauf seine Vorwürfe fußen, nimmt sie seine Reaktion auf ihre letzten Worte erleichtert zur Kenntnis: „Darf ich dich umarmen?", fragt sie ihn, woraufhin er sie fest an sich drückt. Einen Moment länger als sonst. Es fühlt sich für beide gut und sehr vertraut an. „Das Eis scheint gebrochen zu sein", denkt sich Geraldine und bemerkt, wie ihr eine Träne die Wange hinunterläuft, während Orell sie noch immer fest an sich drückt. Er lässt von ihr ab und blickt sie an. Sein Gesicht füllt sich mit dem ansteckenden und umwerfenden Strahlen, dass sie die letzten Wochen so sehr vermisst hat.

Seine Gedanken sind nun offenbart, dennoch kommt Geraldine immer noch nicht damit klar, weshalb es soweit kommen konnte. Sie ist davon überzeugt, dass dies nicht allein auf seinem Mist gewachsen sein kann. Sie hat da eine Vermutung und möchte es so nicht auf sich beruhen lassen: „Wenn ich ehrlich bin, kann ich mir nicht vorstellen, dass du alleine auf die Idee gekommen bist, dass ich dir etwas vormache, um dich für meine sexuellen Gelüste auszunutzen", leitet sie ein. „Kannst du dich an den Abend erinnern, als wir um zwei Uhr nachts mit unseren Velos vor dem verrückten Coiffeursalon standen und beide nicht nach Hause wollten, weil wir so vertieft im Gespräch waren?". Orell nickt. „Was ich nicht verstehe, wie konnte es von dieser Situation zu jener, die wir nun haben, kommen?", fragt sie ihn. Doch bevor er nun erneut versucht, mit einer ausweichenden Floskel davon zu kommen, legt sie nach. „Ich habe da eine Idee: Deine Mutter war vor wenigen Wochen zu Besuch und wollte mich kennenlernen. Sie war super nett und sehr interessiert. Seitdem sie da war, bist du allerdings wie ausgetauscht. Hat sie dir diese Gedanken über mich in den Kopf gesetzt?", fragt sie ihn nun mehr offen. „Für meine Entscheidungen bin ich schon selbst verantwortlich und lasse mich nicht von anderen beeinflussen". Auch wenn er damit erneut ausweicht, fühlt sich Geraldine bestätigt – ein Dementi sieht anders aus. Ihn noch weiter zu einer konkreteren Bestätigung zu nötigen, erscheint ihr allerdings nicht sinnvoll. Vielmehr möchte sie nun gehört werden und Stellung beziehen: „Die Motive deiner Mutter mögen löblich sein. Ich bin mir sicher, dass sie das Beste für dich im Sinn hat. In der kurzen Zeit, die sie da war, konnte sie mich allerdings nicht kennenlernen und das verstehen, was wir miteinander haben", spricht sie aus, während sie nebeneinander weiter durch den Schnee stampfen. „Es wird mir nicht gerecht, dir solche Anschuldigungen über mich in den Kopf zu setzen, ohne mich zu kennen. Es ist auch nicht in deinem Sinne, wenn sie dadurch Menschen aus deinem Leben verbannt, die dir nur Gutes möchten", plädiert sie für sich. Das musste sie nun loswerden. Geraldine ist sehr emotional; Orell schweigt. Wenige Minuten später, die sich allerdings wie eine Ewigkeit anfühlen, bricht er sein Schweigen. „Es ist gut, dass wir so offen und ehrlich miteinander gesprochen haben. Ich brauche jetzt einfach noch ein wenig Zeit, um in meinem Kopf klar zu werden. Ich weiß, dass dies dir gegenüber unfair ist, aber so ist es jetzt nun einmal", erklärt er seine aktuelle Situation und bleibt ihr dennoch eine Antwort auf die Vorwürfe gegen seine Mutter schuldig. Geraldine besinnt sich darauf, dass es in diesem Gespräch nicht primär um Orells Mutter geht, diese wird sie sich aber bei Gelegenheit noch vorknüpfen. „Das kann ich verstehen. Du sollst wissen, dass ich immer für dich da bin. Bitte habe keine Scheu, dich bei mir zu melden, wenn du Klarheit hast. Der Abstand ist jetzt schon für mich schlimm. Ich vermisse dich", antwortet Geraldine nahezu verzweifelt, obwohl sie doch so hoffnungsvoll klingen wollte. Sie ist ergriffen von der Angst, ihn erneut zu verlieren. Sie fühlt sich wie jemand, der gerade nach einem Fisch gegriffen hat, aber während sich in der Erwartung wägend, diesen in den Händen zu halten, feststellen muss, wie er ihr im letzten Augenblick entgleitet. „Das werde ich", verspricht er. „Gut, wollen wir, bevor wir wieder nach Hause fahren, noch einen Kaffee trinken gehen?", schlägt sie vor, worauf er eingeht.

In einem ehemaligen Bauernhof, der nun zu einem Café und Restaurant umfunktioniert wurde, kehren sie ein. Auf der Karte der ulkigen Schweizer Stube finden sich Gipfeli, die sich Orell zu einem Kaffee bestellt. Für Geraldine wird es ein Käse-Mohn-Kuchen und ein Glas Latte Macchiato. Gelöst unterhalten sie sich über die Entwicklung des Grindelwalds als Tourismusstandort, die aktuelle Nationalratspolitik und über ihre beruflichen Träume. Es ist nahezu wie früher, sie strahlen sich an und sind wieder in ihrem eigenen Flow. Für diesen Moment ist ihr Konflikt und die sonst die letzten Wochen über ihnen schwebende Anspannung vergessen. Auch auf der Rückfahrt sind sie in ihrem Bann. Erst als Geraldine vor Orells Haustür hält und er sich mit den Worten „War wirklich ein schöner Tag" ins Ungewisse verabschiedet, wird ihr wieder bewusst, dass nun wieder eine Durststrecke vor ihr liegt. Geraldine blickt auf ihre Armbanduhr, die 18:26 Uhr anzeigt. Dies ist also die Uhrzeit zu der sie ihn vorerst zum letzten Mal gesehen hat. Sie fährt mit einem schwer definierbaren Gefühl nach Hause.

Dort angekommen ist es 18:44 Uhr – 18 Minuten nachdem er aus ihrem Auto gestiegen ist. Erstmals an diesem Tag spürt sie eine Ruhe, die sich blitzartig in eine unangenehme Leere verwandelt. Sie vermisst Orell. Sie hat Angst davor, ihn nun ganz zu verlieren. Was wird aus ihrer Freundschaft? Wird es jemals wieder so sein wie zuvor? Wird er sich richtig entscheiden? Was ist eigentlich richtig? Ist richtig für ihn auch richtig für sie? Sie weiß es nicht. Immer wieder geht sie gedanklich den Tag noch einmal durch und bleibt letztlich bei der Frage hängen, als sie ihn fragte, ob er Gefühle für sie habe. Warum ist sie nicht tiefer auf seine Antwort eingegangen? Warum hat sie ihn nicht gefragt, warum er sich nicht ganz sicher sei? Woran mache er denn fest, dass er überhaupt was für sie empfinde? Da hat er sich geöffnet und ihr ging es in dem Moment nur darum, sich zu verteidigen und seine Vorwürfe zurückzuweisen. Dabei sind doch seine Gefühle für sie das wahre Problem und seine Anschuldigungen nur ein Versuch seinerseits, sich irgendwie zu erklären, wie es dazu kommen konnte. Sie ärgert sich über sich selbst. Gleichzeitig fühlt sie sich von seinen Gefühlen geschmeichelt. Darf sie das? Ihr wäre es nie in den Sinn gekommen, dass er sie derart interessant finden könnte. Zwischen ihnen liegen Welten, zumal sie gar nicht sein Typ ist. Geraldine sorgt sich: Was wird Orell gerade tun? Sitzt er voller Kummer verwirrt Zuhause? Sie wäre jetzt gerne für ihn da, würde ihn gern trösten und aufmuntern. Dies geht aber nicht, ist sie doch gerade der Grund, weshalb es ihm schlecht geht, was sie noch viel mehr schmerzt. Warum muss alles so kompliziert sein? Ihr reicht es, dass sie befreundet sind. „Der Mensch ist doch entscheidend, nicht das Label, das man ihm gibt", denkt sie sich. Hat er Liebeskummer? Und was hat sie gerade, fühlt es sich doch ähnlich an. Auch ihr Herz ist gebrochen.

Zwei Wochen später: Wutgeladen sitzt Geraldine in ihrem Büro. Eigentlich sollte sie eine Rede für ihre Chefin schreiben. Im Moment kann sie aber an nichts anderes denken als an Orell. Genauer gesagt an seine Vorwürfe. Stand sie zunächst über den Vorwürfen und tat sie als Versuch seinerseits ab, sich selbst seine Gefühle ihr gegenüber zu erklären, ist sie nun tief gekränkt. Es verletzt sie, dass er ihr zutraut, ihn derart zu manipulieren. „Was fällt diesem ich-bezogenen Idioten ein, mir so etwas zu unterstellen?", fragt sie sich. „Der denkt doch auch, dass sich alles um ihn dreht. Als würde es nur ihn geben.

Wie sehr er mich damit verletzt, ist ihm doch scheiß egal. So etwas überhaupt in Erwägung zu ziehen ist schon frech, es mir aber ernsthaft vorzuwerfen ist bösartig. Wie kann man nur so selbstverliebt sein? Als hätte ich das nötig. Scheinbar hat er mir kein einziges Mal zugehört, als ich ihm von Thorin erzählt habe." Es verletzt sie, dass er beiläufig ihre Unfruchtbarkeit als Argument gegen sie und eine Beziehung mir ihr verwendete, als stehe dies zur Debatte. „Auch dieses Mal ging es wieder nur um ihn. Ist das überhaupt noch eine Grundlage für eine Freundschaft? Er sagt, er könne mir nicht vertrauen; wer sagt, dass ich ihm überhaupt noch vertrauen kann? Als sei mein Vertrauen und meine Freundschaft unendlich und bedingungslos. Als könnte man mit mir machen, was einem gerade in den Sinn kommt. Auch ich habe meine Grenzen. So funktioniert das nicht. So schwer es mir fällt, ich möchte ihn nicht mehr sehen", entscheidet sie für sich. Sie ist sich bewusst, auf welch wackeligen Beinen ihr Entschluss steht. Geraldine holt tief Luft. Sie sollte sich eigentlich auf ihre Arbeit konzentrieren, kann es aber nicht. Zu tief sitzt der Schmerz. „Warum tut es mir so weh? Was, wenn er doch Recht hat?", fragt sie sich selbstkritisch, während sie einen Begriff für ihre Gefühlslage zu finden versucht. Eine gefühlte Ewigkeit später kann sie ihre Gefühlswelt zumindest in einem Wort fassen: Freundschaftskummer.

ESTHER VON NÖT

„Die Liste! Die Liste! Wo habe ich nur wieder die Liste?", Anja Vögele ist total durch den Wind. Sie weiß nicht, wo ihr der Kopf steht, der im Moment hochrot glüht. Sie hat eine Anfrage der Presseabteilung zu beantworten, wofür sie unbedingt ihre Liste braucht. „Dieses Social Media macht mich ganz verrückt", schimpft sie, ohne zu wissen, was Social Media genau ist.

Anja Vögele arbeitet im Landesinnenministerium eines Flächenbundeslandes. Genauer: in der Stabsstelle „Bürgerliches Engagement", die es erst seit der letzten Regierungsbildung gibt, um einem aufstrebenden Jungpolitiker den Posten eines Staatssekretärs samt zugehöriger Abteilung im Ministerium zu schaffen. Vor der Stabsgründung war das Thema in der Abteilung 4 im Referat „Petitionen und Sonstiges" verankert. Ausgestattet ist die Stabsstelle nun mit drei Mitarbeitern: Einer Referentin, einer Sachbearbeiterin und einem Sekretär. Anja Vögele ist die Sachbearbeiterin. Zuvor arbeitete sie in der Unterabteilung C des

Organisationsreferats, dem Einkauf. Ins Ministerium ist sie durch einen Freund gekommen. Nach dem Romanistikstudium half er ihr, Fuß zu fassen, wie sie jedem stolz erklärt, der nicht danach fragt. Seitdem sind inzwischen 13 Jahre vergangen und Anja immer noch Sachbearbeiterin. Mit der neuen Stelle sollte sich für Anja auch eine neue Chance ergeben und ihr ehemaliger Referatsleiter eine leidvolle Mitarbeiterin loswerden.

Loswerden möchte sie nun die offene Anfrage der Presseabteilung des Hauses. Diese hatte sie vor Wochen als zuständige Abteilung angefragt, ob sie für den Social-Media-Auftritt des Ministeriums Beispiele von erfolgreichem Bürgerengagement im Bundesland habe, woraufhin Anja die Anfrage an die acht Abteilungsleiter des Ministeriums einfach weiterleitete. Da sie bislang lediglich eine Antwort in Form einer Fehlanzeige erhalten hat, will sie nochmal nachhaken. Eine Unverschämtheit, dass die ihr nicht antworten, findet sie, schließlich sei sie jetzt ja Stabsstelle.

„Zum verrückt werden ist das!", Anja Vögele ist frustriert. Ein Büro kennt die Arbeitenden und jene, die denken, sie würden es. Für Anja läuft nichts, wie sie es sich vorstellt. Allem und jedem muss sie hinterherrennen und keiner nimmt es mit der Arbeit so genau. Mit „jedem" ist vor allem ihre Referentin Esther von Nöt gemeint, die es in Anja Vögeles Augen nicht verdient hat, in der Hierarchie über ihr zu stehen. „Die macht doch wirklich nichts und scheucht mich nur durch die Gegend. Hätte ich die gleiche Arbeitsmoral, wären wir schon längst herausgeflogen", denkt sie sich immer wieder. So auch gerade, während sie aus dem 3. Stock in die ländliche Ferne blickt.

Viel Zeit zum Nachdenken bleibt ihr allerdings nicht. Sie muss diese Liste finden. Mit der „Liste" ist ein händisch angefertigtes Dossier gemeint, dass sie seit der Stabsgründung mit Erfolgsbeispielen von gelungenem Bürgerengagement pflegt. Von diesen erfährt sie meist aus der Presse. Nun kann sie sie aber nicht finden. „Waaaaaaalter, wo ist die Liste? Walter!". Walter, der Sekretär, der lediglich beim Vornamen genannt wird, kommt herbeigetrottet. „Was ist los, Vögelchen?", blafft er halb belustigt, halb genervt, als er mit der rechten, in die Hüfte gestemmten Hand vor ihr steht und sie fragend anschaut. „Wie bitte? Das Vögelchen kannst du dir sonst wo hinstecken! Wo ist diese verdammte Liste mit den Erfolgsbeispielen?", erwidert sie aufgeregt. „Was für Beispiele? Erfolg können wir das nicht nennen, was wir hier machen." Walter weiß genau, wann und wie er sich blöd stellen muss, um so die Arbeit von sich zu halten. Und auch diesmal wieder mit Erfolg: „Ach egal, dann suche ich alleine weiter", antwortet sie und deutet ihm mit einer Handgeste an, das Zimmer zu verlassen. Das muss sie ihm nicht zweimal sagen, mit einem schelmischen Grinsen tritt er in Richtung Teeküche ab. In dieser wartet ein Mettbrötchen mit extra viel Zwiebeln auf ihn.

Derweil findet Anja Vögele wenige Minuten später die verloren geglaubte Liste. „Sehr schön, die ‚Lesepaten' stehen auch schon darauf." Wäre sie momentan nicht auf sich allein gestellt, würde sie dem ehrenamtlichen Verein, der Kinder aus sozialschwächeren Familien beim Lesenlernen durch Paten unterstützt, einen Besuch abstatten, ihnen für ihr Engagement danken und eventuell einen Besuch des Staatssekretärs vor Ort vereinbaren. Dazu hat sie allerdings keine Zeit, denn auch bei ihr ist immer etwas los. Nach zwei wütenden Anrufen in den ersten Referaten ohne erkennbare Rückmeldung gibt sie es auf und tippt lediglich ihre Liste in die Antwortmail an die Pressestelle. Wäre da nicht das Drumherum der Mail, das sie dazu verfassen muss. Hatte sich eben noch die Erleichterung in ihr ausgebreitet, ist diese nun schon wieder vom zurückkehrenden Stress vertrieben. Sie hasst es, Mails zu schreiben. Sie weiß nie genau, wie sie ihr Anliegen am verständlichsten formulieren soll. Richtig verstanden fühlt sie sich im persönlichen Gespräch schon kaum. Wie das erst im schriftlichen Kontext ist, vermag sie sich gar nicht auszumalen. Die Folgen sind seitenlange Mails, deren Sätze sich durch eine Vielzahl von Nebensätzen auszeichnen, die keinen Spielraum für Interpretationen lassen sollen, aber in der Regel zu weiteren Nachfragen führen.

Sie weiß selbst, dass das nicht normal ist, schließlich war es nicht schon immer so. Die Umstände haben sie erst so werden lassen. Genauer gesagt ihre Kollegin Esther von Nöt. Ständig drückt sie ihr einen Satz rein, kritisiert sie und signalisiert ihr, dass sie nicht gut genug sei. Die Arbeitswelt bringt nicht selten Menschen zusammen, die sich sonst keines Blickes würdigen würden. Der bloße Gedanke an ihre Kollegin reicht aus, um Anja Vögele zu verunsichern. Dies geschieht nicht selten, denn sie denkt viel an die Referentin, deren Sachbearbeiterin sie ist. Von Anfang an hat ihr von Nöt zu spüren gegeben, wie wenig sie von ihr hält, Informationen vorenthalten und sie immer wieder vor versammelter Mannschaft vorgeführt.

Morgen kommt von Nöt aus ihrem Urlaub

zurück, was auch der Grund für Anja Vögeles Nervosität ist. Schon den ganzen Tag dreht sie sich im Kreis. Keine unerledigte Aufgabe soll morgen Anlass sein, sie wieder vorführen zu können. Ihre zittrigen Hände sind am heutigen Tag noch zittriger als sonst. Schon zwei Mal musste sie heute Morgen ihre Bluse wechseln. Die erste zuhause wegen verschüttetem Kaffee, die zweite auf der Arbeit, weil sie das falsche Deodorant aufgetragen hatte und in Folge dessen Schweißflecken auf Höhe der Achseln zu sichtbar waren. Zum Glück hat sie ausreichend Kleidung im Büro deponiert. Schusselig wie sie ist, muss sie öfter mal ein Kleidungsstück wechseln. Hätte sie einen Mann, würde er sie sicher von jeglicher Hausarbeit fernhalten und Witze über ihre tollpatschige Art reißen, die sie mit einem verträumten Lächeln erwidern würde. Leider wartet kein Mann auf sie, wenn sie die Bürotüren schließt und sich – mit mehreren Zigaretten bewaffnet – durch den Großstadtdschungel bis nach Hause kämpft. Leider, denn sie war es doch, die schon immer von einer Familie träumte. Anders als ihre Freundinnen kämpfte sie nicht für die Gleichberechtigung der Frauen. Karriere war ihr auch nie so wichtig. Anstelle ihrer Blusen würde sie viel lieber die Hemden ihres Mannes bügeln – hätte sie nur einen. In zwei Jahren wird sie 50. Dennoch hat sie den Traum von eigenen Kindern nicht aufgegeben. „So wahr mir Gott helfe", seufzt sie beim Gedanken an einen Ehemann und Kinder dann immer wieder und küsst kurz darauf ehrfürchtig ihre goldene Kreuzkette. So auch jetzt. Wie schön es nur wäre, wenn ein Mann sie mal wieder richtig in den Arm nehmen würde. Einer, der richtig anpacken kann und auch mal ein Bier mit ihr trinkt. Sie selbst sollte allerdings weniger trinken. In letzter Zeit greift sie allzu häufig zur Flasche, um ihre Einsamkeit mit Alkohol zu ertränken, wie die Rötungen in ihrem Gesicht dokumentieren.

Dokumentiert in einem kleinen Tagebuch werden seit eh und je auch ihre Misserfolge mit den Männern. Da gab es Andreas, der sich nicht binden wollte und meist nur für das eine zu ihr kam. Oder Can, der sehr anständig mit ihr umging, den sie aber aufgrund seiner türkischen Herkunft ihren Eltern nicht vorstellen wollte. Ihren letzten richtigen Freund hatte sie vor acht Jahren. Michael lernte sie auf einem Rockfestival kennen. Sie verliebte sich Hals über Kopf in ihn und seine Husky-blauen Augen. Die Gefühlslage verklärte ihren Blick und ließ sie über seine aggressiven Aussetzer hinwegsehen. Ganze drei Jahre lang konnte er sie, ohne jegliche Konsequenz, schikanieren und schlagen. Sie ertrug es auch, dass er immer wieder, ohne den geringsten Versuch es zu vertuschen, Geld von ihrem Konto auf seines eigenes überwies. Kein einziges Mal hat er ihr davon etwas zurückbezahlt. Das Fass kam erst zum Überlaufen, als er ihre Mutter, nachdem sie ihm widersprochen hatte, bei ihrem Besuch ohrfeigte. Unter größter Angst rief sie die Polizei und ließ ihn aus ihrer Wohnung entfernen. Es folgten mehrere tätliche Angriffe auf ihr körperliches und seelisches Wohl. Die Drohungen, die regelmäßig zu Angriffen wurden, endeten irgendwann abrupt. Über eine gemeinsame Bekannte erfuhr sie später auch den Grund dafür: Michael hatte ein neues Opfer gefunden. Seit Michael hatte sie keine Männer näher kennengelernt. Mehrere Anläufe, sich in einem Online-Portal für Singles anzumelden, scheiterten an ihrer Scham – zu peinlich, armselig und primitiv sind diese Portale, wie sie findet.

Die Scham ist es auch, die ihr bereits rotgefärbtes

Gesicht am nächsten Tag in der Besprechung mit Esther von Nöt noch rötlicher werden lässt. Gerade diskutieren sie den ersten Besuch des Staatsekretärs bei einem Verein. Als Sachbearbeiterin ist Anja Vögele für das Register der im Bundesland existierenden Projekte zuständig. Das bisherige Referat führte eine solches Dossier über die bestehenden Engagements, u. a. um jährlich eines mit dem Landesengagement-Preis auszuzeichnen. Dieses Dossiert besteht momentan aufgrund Anjas Angst vor Excel lediglich aus einer handgeschriebenen Liste, wie Esther von Nöt nun an ihrem ersten Arbeitstag nach einem zweiwöchigen Urlaub erfährt. Als sie Anja Vögele von der Notwendigkeit einer digitalen Variante überzeugen möchte, entgeht ihr nicht, wie sich ihre Sachbearbeiterin zunächst innerlich und zunehmend auch äußerlich sträubt. Diese denkt sich wiederum „Und ich darf das dann alles umsetzten. Heute will sie es so, morgen so und übermorgen so. Da ist doch kein Tag gleich und keine Meinung konstant". Esther von Nöt erkundigt sich inzwischen, wo denn das bisherige Dossier geblieben sei, schließlich habe es eine Übergabe gegeben. Anja Vögele entgeht auf der anderen Seite nicht, wie sich die Augen ihrer Kollegin zu Schlitzen zusammenziehen, was meist kein gutes Zeichen ist. „Du hast Recht, wir brauchen so eine digitale Liste. Die Übergabe ist etwas misslungen. Ich hielt die Dateien für nicht mehr notwendig, schließlich sind wir ja eine neue Stabsstelle, weshalb ich sie gelöscht habe", erwidert sie daraufhin unterwürfig vorsichtig. Kurz darauf fügt sie entschuldigend noch hinzu: „Ich dachte, das sei in Ordnung." „Verstehe ich das richtig? Du löschst ein seit Jahren existierendes Dossier, das im Grunde den Kern unserer Arbeit darstellt und bekommst nicht die Transferleistung hin, dieses aufzubewahren oder zumindest bevor du es zu löschen gedenkst, mich zu fragen, ob wir das sollten. Stattdessen führst du händisch eine nicht aktualisierte Liste?", Esther von Nöt platzt der Kragen. Sie steht auf, umkreist ihren Stuhl und setzt sich wieder. Währenddessen atmet sie demonstrativ dreimal ein und aus. Was beruhigend wirken sollte, lässt die Situation nur weiter eskalieren. „Wo bin ich hier? Hilfe! Nur von lauter Idioten umgeben. Das geht so nicht. Die müsste man alle entsorgen", sie steht auf und verlässt den Raum. In diesem bleibt ein Häufchen Elend mit einer langen Liste an Fragen und Anmerkungen zurück.

Wieder einmal sitzt Anja Vögele niedergeschlagen in ihrem Büro, als Diddy majestätisch an ihrem Zimmer vorbeischwebt und bei ihrem elendigen Anblick Halt macht. Diddy heißt eigentlich Dagmar und ist die Sekretärin des Referates C der Abteilung 2, das für das Thema Sport zuständig ist und bei dem sich jeder im Ministerium fragt, was die den ganzen Tag so machen. „Vögelchen, was ziehst du denn für ´ne Schnute?", erkundigt sie sich übertrieben besorgt. „Ach nichts", sagt sie hörbar laut, damit niemand Verdacht schöpft. Nur für Diddy hörbar fügt sie flüsternd hinzu: „Das Übliche, du kennst sie doch. Hat mich wieder mal rund gemacht". Beide Damen verabreden sich für die Raucherinsel, um die Situation weiter zu analysieren. Für die beiden inzwischen fast ein tägliches Ritual. Diddy ist eine gute Zuhörerin, deren Schwäche es ist, dass sie nichts für sich behalten kann. Eine Schwäche, die Anja Vögele früh für sich erkannt hat, weshalb sie so gezielt Informationen über Esther von Nöt streut. Dabei nimmt sie es mit der Wahrheit auch nicht immer so ernst. „Sie hat doch tatsächlich über den Chef gelästert. Da lügt die mir doch glatt ins Gesicht, er wolle keine Besuche bei den Vereinen abstatten. Er sei ein Kleingeist, ein inkompetenter Vollhorst. Ja, genau so nannte sie ihn. Als ich dann widersprach, beleidigte sie mich und verließ den Raum. Eine Übergabe der Themen, die in ihrem Urlaub angefallen sind, war so nicht möglich." Diddy starrt Anja Vögele gespielt schockiert an, während sie schon überlegt, wem sie das alles erzählen kann. Ihr ist bewusst, dass sie bei der Sachbearbeiterin besonderes Vertrauen genießt, worauf sie auch sehr stolz ist. Sie könnte es nicht ertragen, die geteilten Informationen nicht mehr zu bekommen. Gleichzeitig fällt es ihr schwer, etwas für sich zu behalten. Sobald sie etwas Neues erfährt, muss sie es umgehend mit anderen teilen. Zum Glück stellt sie sich so gut an – dies glaubt sie zumindest –, dass es dem Vögelchen, wie sie Anja Vögele gerne nennt und im Gegensatz zu Walter nennen darf, noch nicht aufgefallen ist. Drei Zigaretten später stehen sie im Aufzug in Richtung 3. Stock. In diesem angekommen begegnet ihnen Esther von Nöt im Eingangsbereich. „Frau von Nöt, Sie sehen ja richtig erholt aus", bemerkt Diddy, während sie sie aufmerksam studiert. „Könnte besser sein, ich hatte so viel zu erledigen, dass ich nicht mal ein Buch lesen konnte. Dabei gibt es im Moment so viel Interessantes zu lesen. Haben Sie von Robert Menasses ‚Die Hauptstadt' gehört? Das Buch soll richtig gut sein", Diddy und Anja Vögele schauen sie erst verlegen und dann, nachdem sie den abwertenden Blick spüren, beschämt an. Das betretene Schweigen wird durch ein klingelndes Telefon aus einem der nächstgelegenen Büros wohlwollend unterbrochen. Alle drei schwirren in Richtung ihrer Büroräume. Diddy und Anja Vögele werfen sich allerdings nochmals kurz einen vielsagenden Blick zu.

In ihrem Büro angelangt hält Esther von Nöt kurz inne und starrt auf ihren Schreibtisch. Auf diesem stapeln sich dutzende Anfragen von Vereinen. Daneben Anfragen, die der Regierungssprecher an sie weitergeleitetet hat und die sie alle zufälligerweise heute erreicht haben. So soll sie nun ein Statement zur Frage abgeben, weshalb es so schwer sei, bei einer eigens dafür eingerichteten Abteilung erfolgreiche Beispiele über das soziale Engagement in ihrem Bundesland in Erfahrung zu bringen. Beim dritten Anruf eines Journalisten, hakt sie nach und findet heraus, dass ihre Sachbearbeiterin in den letzten zwei Wochen jeden Anrufer auf heute vertröstet habe, den ersten Tag nach ihrem Erholungsurlaub.

Es ist 13:30 Uhr, sieben Anrufe unerledigter Anfragen verschiedenster Art nahm sie heute schon entgegen, drei weitere in Abwesenheit zeigt das Display vor ihr an. „Was für ´ne Scheiße! Ich kann nicht mehr, ich kann nicht mehr. Dabei hatte ich doch erst zwei Wochen frei", flucht sie vor sich hin, während sie energisch den Kopf schüttelt. Den Rest des Mittags ist sie damit beschäftigt, die Anfragen zu beantworten. Als wäre das nicht schon genug, steht Anja Vögele im Stundentakt mit unzähligen Fragen, wie sie ein Hotelzimmer den Ministerialvorschriften entsprechend buchen soll, an der Schwelle ihrer Bürotür. Ohne Ankündigung reißt sie Esther von Nöt jedes Mal aus ihrem Gedankengang. „Das geht so nicht", denkt sie sich, weshalb sie sich selbst nach dem zweiten Mal in ihrem Büro einschließt. In vorausahnender Weitsicht hängt sie ein Schild mit der Aufschrift „bin gleich wieder da" an ihre Bürotür.

Das Schild bleibt Anja Vögele und Diddy nicht verborgen. Die beiden begegnen sich direkt vor Esther von Nöts Büro, um sich zum nächsten Ausflug auf die Raucherinsel aufzumachen. Im Irrglauben, unter sich zu sein und freiheraus plaudern zu können, lästern sie über die Abwesenheit der Kollegin und die Szene vor dem Aufzug: „Unsere Frau von und zu hält sich doch wirklich für was Besseres", stellt Diddy gespielt empört fest. „Sag ich doch, sag ich doch und jetzt sitzt sie sicher irgendwo zum Kaffeetrinken und jammert später, was sie alles zu tun hat. Dabei bin ich doch die Leidtragende, die sich mit jedem Scheiß rumschlagen muss. Gerade sitze ich an dieser blöden Hotelbuchung für Berlin. Ich soll im Juli zu einem Expertenworkshop mit Sachbearbeitern aus den anderen Bundesländern", erwidert Anja Vögele genervt. „Aber Vögelchen, das ist ja noch über ein halbes Jahr hin. Mach dich nicht verrückt! Und das mit der Hotelbuchung ist doch ganz einfach. Das mache ich wöchentlich für meine Chefin", erklärt Diddy besänftigend, erzielt damit aber die gegenteilige Wirkung: „Bei deiner Chefin ist das vielleicht einfach, die ist ja auch Referatsleiterin. Bei uns Sachbearbeitern achten sie haargenau auf jedes kleine Detail", antwortet sie beleidigt und lässt ihre Verbündete, mit der sie eigentlich rauchen gehen wollte, alleine im Flur zurück.

Derweil sitzt Esther von Nöt, die jedes Wort hören konnte, wutgeladen vor ihrem Schreibtisch. Ihr reicht es, weshalb sie ihre Kollegin zur Rede stellen will. Dies am besten noch solange sie die Wut in sich trägt, damit die Botschaft klar und deutlich ankommt. Die Rechnung hat sie allerdings ohne ihren Sekretär Walter gemacht. Auf dem Weg zu Anja Vögele fängt er sie ab. Ihm brennt ein Thema ganz besonders unter den Nägeln: Sein für nächste Woche geplanter Urlaub. Vor Wochen hat er einen Trip nach Prag gebucht und dies dummerweise, vergesslich wie er ist, ohne sich die fünf Urlaubstage im Vorfeld genehmigen zu lassen. Mit einer Charmeoffensive, die diesen Namen nicht verdient, versucht er seine Vorgesetzte nun zur Zustimmung zu bewegen. Nach einem kurzen hin und her genehmigt sie ihm genervt den Urlaub und wimmelt ihn ab. Die große Konfrontation mit Anja Vögele bleibt allerdings aus, da sie ihr Telefon klingeln hört – auf sie wartet eine weitere Person, die auf den heutigen Tag vertröstet wurde.

Fünf Wochen später, nach mehreren gescheiterten Gesprächen mit ihrem vorgesetzten Staatssekretär, in denen sie ihn bat, eine Mediation in die Wege zu leiten, verkündet Esther von Nöt, womit sie monatelang gerungen und nun eine Entscheidung getroffen hat – ihre Kündigung. Mit einer Krankmeldung im Gepäck, die später noch für die gesamte Zeit bis zum Ende der Kündigungsfrist verlängert werden sollte, lässt sie die Bombe platzen: „Mir reicht's! Schaut doch selbst, wie ihr mit eurem Scheiß klarkommt. Ich bin es leid, alles alleine zu machen und euch ertragen zu müssen", liefert sie als Erklärung nach und lässt ihre verdutzten Kollegen zurück.

Dass dies für Esther von Nöt die richtige Entscheidung war, zeigt sich für sie relativ schnell. Ein halbes Jahr nach ihrem spektakulären Abgang wohnt sie friedlich und von Ziegen umgeben auf dem Land. So, wie sie es sich schon lange erträumt hatte. Aber auch finanziell läuft es bei der ehemaligen Ministerialreferentin gut: Ihr vor zwei Monaten erschienener und erster Roman verkaufte sich in kürzester Zeit so gut, dass sich der Verlag mit ihr auf einen weiteren, samt dem satten Vorschuss von 70.000 Euro, verständigte. Für sie der Beweis, dass es sich durchaus lohnen kann, die scheinbare Sicherheit für ein scheinbares Risiko zu verlassen, um aus dem Schein ein Sein werden zu lassen.

Wie es ist, wenn der Schein auffliegt und keiner einem das Sein mehr zutraut, erleben derweil Anja Vögele und Walter. Ohne Esther von Nöt bleibt die Arbeit liegen. Anfangs kann Anja Vögele die immer wütender werdende Meute sowie ihren Chef besänftigen. Nur mit Mühe und Not gelingt es ihr dann aber, die seit Jahren bestehende Verleihung des Landesengagementpreises zu organisieren. Tatkräftig wird sie dabei von Diddy und einer Sachbearbeiterin aus einem anderen Referat unterstützt. Von der Gästeauswahl, über die Nominierung der Engagierten bis hin zu den Gewinnern, überlässt der Staatssekretär ihr jede Entscheidung. Mehr als den halben Tag im Scheinwerferlicht mit guter Presse wolle er dafür nicht verschwenden, erklärte er ihr. „Wie soll ich das denn entscheiden? Das sind so viele", brütet sie über ihrer Liste. Dabei sticht ein Name besonders heraus „Blood-Proud-Sisters". Den Namen hatte sie sich letztens erst notiert, als sie wieder einmal im Alltagsstress die Zeitung überflogen hatte. „,Stolze Schwestern', das klingt doch nach einem Frauenprojekt. Emanzipation kommt immer gut. Die haben gewonnen", entscheidet sie sich.

Heute steht der Tag der Verkündung an. Neben ihrem Staatsekretär, der gleich den Preis verleihen wird, sind noch weitere seiner Art aus anderen Landesministerien sowie der im Bund Zuständige aus dem Bundesministerium des Inneren erschienen, was auch das größere mediale Interesse erklärt. Stolz hält er eine improvisierte Rede über die Bedeutung bürgerlichen Engagements in Zeiten einer sich immer mehr polarisierenden Gesellschaft, um anschließend die „Blood-Proud-Sisters" als Siegerinnen zu verkünden. Wenige Minuten nach Verkündung der Gewinnerinnen entfacht sich bereits in den Sozialen Medien ein für den Politiker nie dagewesener Shitstorm. „Rechte Gruppierung mit Preis ausgezeichnet", titelt die deutsche Presseagentur wenig später. Die Geschichte eskaliert medial derart, dass sich die Innenministerin einschaltet. Noch bevor er seinen Rücktritt selbst verkünden kann, jagt sie den bislang angesehenen Staatssekretär vom Hof. Die komplette Stabstelle wird mit gleichem Gehalt in die Poststelle strafversetzt. Im öffentlichen Dienst ein übliches Vorgehen, wenn man jemanden loswerden möchte.

„Was für ein geiler Job. Nicht zu anstrengend, genauso gut bezahlt und niemand der mich nervt", posaunt Walter fröhlich heraus, als er sich mit der Reinigungskraft Wolfram, dem Kehrer, wie sie ihn nennen, über seine berufliche Veränderung unterhält. Einscannen, kopieren, Post im Haus verteilen und dabei regelmäßig ein Schwätzchen halten. Für das Behördenkind Walter genau das richtige. Dreiviertel seiner Arbeitszeit verbringt er damit, sich mit dem

Kehrer, dem Pförtner oder der Sicherheitsfrau zu unterhalten. Niemanden stört es, schließlich sorgte er auch für keine Störungen bei der Strafversetzung. Im Gegenteil: Aus seiner Freude macht er nirgendwo ein Hehl. Für ihn steht fest, dass er bei diesem Arbeitgeber und in dieser Stelle bis zur Rente bleiben möchte.

Bleiben möchte Anja Vögele keine Minute länger als nötig. Die Degradierung macht ihr sehr zu schaffen. Mit dieser Veränderung hat sie nicht gerechnet. Die Folge: schlaflose Nächte, Hautausschläge und noch mehr Feierabendbiere. Wäre das nicht schon genug, wird sie nun auch ohne Angabe von Gründen von Diddy gemieden. Die Raucherinsel kann sie nun nur noch alleine aufsuchen, wodurch diese ihren Charme verliert. Zahlreiche Bewerbungen bei anderen Landesministerien verlaufen im Sand. Sie wird nicht einmal zum Bewerbungsgespräch eingeladen. Eine Unverschämtheit, wie sie findet. Sie, die die Unterabteilung alleine schmiss und wegen einer Intrige von ihrem Posten vertrieben wurde, ist nun eine „Persona non grata". Anja Vögele ist der festen Überzeug, dass Esther von Nöt hinter dem Eklat, der sie zu Fall brachte, steckt. Eine Absage auf eine Bewerbung zur Unterabteilungsleiterin im Landesfinanzministerium, die mit den Worten „Die Entscheidung ist für eine Mitbewerberin ausgefallen, die im Vergleich zu Ihnen eine fachlich noch bessere Qualifikation vorweisen kann", begründet wird, lässt sie ein für alle Mal mit der Ministerialarbeit brechen. „Schön, dann sollen die Idioten doch unter sich bleiben", denkt sie sich, während sie eine Stellenausschreibung in der Zeitung entdeckt.

Es ist Montagmorgen, gleich kommt die hektische Masse – Pendler treffen auf Bettler, Senioren auf Schulklassen und mittendrin ist Anja Vögele. „Ihre Fahrkarte hätte ich gerne", erklärt sie einer älteren Dame, die offenkundig mit dem Straßenbahn-System der Großstadt überfordert ist. „Die ist nur für den Abschnitt A gültig, sie befinden sich aber schon in Abschnitt B", belehrt sie die nun aufgewühlte Dame. Auch als diese in Tränen ausbricht, kennt sie keine Gnade. Regeln werden schließlich nicht umsonst aufgestellt. Und diese beherrscht Anja Vögele nach vier Monaten tadellos, wie sie sich selbst lobt und ihren Kollegen immer wieder unter die Nase reibt. Ihr Ruf, gnadenlos und nervig zu sein, eilt ihr jetzt schon voraus, weshalb sich inzwischen einige Kollegen zu gemeinsamen Schichten mit ihr weigern. Erst letztens hat sie eine Kollegin, die in einer gemeinsamen Schicht einem Rentner gegenüber nachsichtig war, bei der Geschäftsführung angeschwärzt. Anja Vögele bemerkt nicht, wie sich ihre Kollegen von ihr abwenden. Im Gegenteil, in ihrem neuen Job geht sie total auf: Sie hat Sicherheit, Macht, kann Leute anmotzen und muss nicht kreativ sein.

Als Ministerialmitarbeiterin ist sie vielleicht gescheitert, als Fahrkartenkontrolleurin lässt sie andere scheitern. Jeden einzelnen erfasst sie nach Feierabend in einer geheimen, handschriftlichen Liste und empfindet dabei jedes Mal aufs Neue Genugtuung und Gerechtigkeit. Akribisch, wie sie ist, hat sie die Liste in drei Kategorien geordnet. Die Kategorisierung verläuft nach dem Muster, wie schlimm sich die Schwarzfahrer, nachdem sie ertappt wurden, aufführten: „Sofort einsichtig", „uneinsichtig, aber friedlich" und „gewalttätig". Unter der letzten Kategorie befindet sich ein Name, der ihr ganz persönliches Highlight darstellt. Ein Name, der ihr vor nicht allzu langer Zeit noch Kummer und Angstzustände bereitete und für sie nun Ausdruck ihres Erfolges und ihrer neugewonnen Macht darstellt: Esther von Nöt.

TIZIAN

Nachdenklich schaut Tizian mit seinen liebevollen Augen in die vor ihm liegende, unbekannte Ferne. Er ist ein einfühlsamer Mensch, der die Stimmungen anderer wie ein Schwamm aufsaugt und sie anschließend wie seine eigenen in sich trägt. Gerade fühlt er mit mir. Meine innere Renaissance und tiefe Traurigkeit drohen, ihn mit in den Abgrund zu ziehen. Wie kann ich ihn davor bewahren? Wird es mir gelingen, uns am eigenen Schopf aus dem Sumpf zu ziehen?

Tizian ist mein bester Freund. Der beste und schlechteste Freund, den ich mir wünschen kann. Fluch und Segen zugleich. Er ist immer da – vor allem für mich. Mein Tag beginnt und endet mit ihm. Er beginnt Sätze, die ich beende. Stellt Fragen, die ich beantworte. Er schenkt mir Aufmerksamkeit und Ruhe, wenn ich sie brauche. Er ist es, der mir Recht gibt, wenn das Recht auf meiner Seite steht und mir widerspricht, wenn ich mich mal wieder in Widersprüchen verstricke.

Tizian fühlt meine Freude, die ich gerne bereit bin zu teilen und meinen Schmerz, den ich am liebsten vor der Welt verberge. Sonst würde er gerade auch nicht wie ein Häufchen Elend an der Frage verzweifeln, wie ich schaffen kann, was vor mir liegt. Er kennt meine Stärken und Schwächen wie kein anderer. Ihm entgeht nichts, was ich wahrnehme. Geheimnisse zwischen uns? Fehlanzeige!

Tizian ist gut so wie er ist. Wie er sich gerade den Kopf zerbricht – ein melancholischer Anblick, den ein venezianischer Künstler im 16. Jahrhundert liebend gern in einem Portrait festgehalten hätte – und vielleicht auch hat? Ein Bild, das für viele ein bloßer Spiegel ihrer eigenen Emotionen wäre. Ein Portrait eines jungen Mannes, das für ebenso viele sicherlich schön anzusehen wäre; auch wenn er sich selbst viel zu oft das Gegenteil attestiert. Austeilen kann er gut und dies nicht nur – aber meistens doch – gegen sich selbst. Oftmals sehen andere Stärken in ihm, die er vergebens zu erkennen versucht. Seine Zweifel kann ich, ehrlich wie ich zu ihm bin, verstehen.

Keiner kritisiert mich so heftig wie er es tut. Allerdings: Er muss mindestens genauso viel einstecken. Bei niemandem bin ich so unverschämt wie ich es zu ihm bin. Niemand kann mich so verletzen wie er es kann. Besser gesagt: Niemand verletzte mich so sehr wie er es tat. Dessen ist er sich auch bewusst. Dennoch konnte er nicht anders, wie ich nun verstehe. Zu nah standen wir uns und zu weit war der Ausweg aus dieser Schicksalsgemeinschaft. Die Freundschaft hatten wir uns nicht ausgesucht und uns folglich auch nicht füreinander entschieden. Dennoch blieben am Ende nur wir zwei, immer und immer wieder.

Aber selbst er blieb mir nicht auf Dauer. Zwischenzeitlich hatte ich ihn verloren. Den Kontakt abgebrochen. Es wurde mir zu viel und seine Anwesenheit unerträglich. Ständig diese Gedanken, die zu nichts führten. Diese Sorgen, die zu viel für einen waren. Eine Ausweglosigkeit, aus der wir nicht herauszukommen schienen. Ich wollte nicht mehr. Seine Meinung? War mir egal. Seine Gefühle? Wurden für mich nachrangig. Eine Entscheidung, die ich nach kurzer Zeit bitter bereuen sollte und die mich noch einiges kosten würde.

Als er dann weg war, aus meinem Leben verbannt, spürte ich eine Leere, wie ich sie zuvor noch nie erfahren hatte. Lebte mit angezogener Handbremse und dem permanenten Gefühl, unvollkommen und nicht ich selbst zu sein. Kleinigkeiten verunsicherten mich und störten allzu schnell meine innere Ruhe, die es genau genommen gar nicht mehr wert war, so genannt zu werden. Die Leere, die Tizian hinterlassen hatte, wurde von der Angst, etwas zu verpassen und ein fremdes Leben zu leben, schnellstens gefüllt. Ständig fragte ich mich, wo Tizian gerade sei und wie es ihm wohl gehe. An einem sicheren Ort und in guter Verfassung, hoffte ich, wohl ahnend, dass vermutlich das Gegenteil der Fall war.

Tizian war nicht irgendwer für mich: Seitdem ich denken und fühlen kann, war er ein Teil von mir. Ein Teil, den ich eigenhändig, erbarmungslos und von einem Tag auf den anderen aus meinem Leben gerissen hatte. Zurück blieben zwei gebrochene und unvollständige Personen. Allein in einer Welt, in der es nicht gut ist, allein zu sein. Zwei verlassene und hoffnungslose Wesen.

Bis vor kurzem. Lange genug hatte ich verzweifelt

nach ihm gesucht und plötzlich – als ich es fast schon aufgegeben hatte – war er wieder da. Von einem Tag auf den anderen. Spürbar und gut zu hören. So sehr ich mir seine Rückkehr während seiner Abwesenheit gewünscht hatte, war seine erneute Anwesenheit doch sehr ungewohnt. Wir fremdelten und mussten viel Geduld aufbringen, um uns nicht ständig in Diskussionen und Streitereien zu verstricken. Immer wieder ergriff mich der Gedanke, ihm erneut die Freundschaft zu kündigen. Glücklicherweise gehört dieser Gedanke inzwischen erst einmal der Vergangenheit an.

Eigentlich ist wieder alles so wie früher. Eigentlich, denn vieles ist dann doch anders: Wir entschieden uns zum ersten Mal bewusst für diese Freundschaft. Eine Freundschaft, in der wir nun zuhören statt nur hinzuhören. Wir gaben uns das Versprechen, aufeinander zu achten. Tizian ist es auch, der gerade mit seiner gebündelten Restkraft mich aus diesem dunklen Tal der Traurigkeit, in dem ich mich eingangs befand, herausführt und sich somit seinen Platz an meiner Seite weiter sichert. Hand in Hand laufen wir nun in Richtung wärmender Sonne; verwandeln die unbekannte Ferne in eine vertraute Nähe. Ich bin froh, Tizian wieder in meinem Leben zu haben. Schließlich ist Tizian mein bester Freund und nun kann ich es ja verraten: Ich bin Tizian und Tizian ist ich.

FRIEDRICHSTRASSE

„Was hält das Schicksal nun für mich bereit?",
gedankenverloren blickt Verena in die Zukunft. Wieder
einmal wird sie ihr gewohntes und sicheres Umfeld
verlassen, um sich ins Ungewisse zu begeben. Seit neun
Monaten ist sie, nach einem überaus erfolgreichen
Studium, wissenschaftliche Mitarbeiterin am Lehrstuhl für
Psychologie. Im kommenden Frühjahr hätte sie mit ihrer
Promotion beginnen können. Was nach der Erzählung
einer typischen Akademikerkarriere klingt, ist bei näherer
Betrachtung vielmehr die Geschichte der großen
Abschiede. Es ist auch die Geschichte einer 26-jährigen
Frau, die sich wie eine Schlange in regelmäßigen
Abständen häutet und immer wieder aufs Neue vieles
hinter sich lassen muss, um weiter zu ihrem Kern
vorzudringen.

„Verena Mann – wissenschaftliche Mitarbeiterin
am Institut für Psychologie" steht in ihrer E-Mail-
Signatur, die sie gerade auf dem großen Bildschirm vor
sich sieht. Sie hatte schon oft gehört, wie schön ihr

Vorname sei und wie gut er zu ihr passe, aber stimmt das wirklich? Verena lässt sich als die „Scheue" oder „Gottesfürchtige" übersetzen. Die Verena, die gerade an ihrem weiß-cleanen Schreibtisch in der Friedrichstraße 8 sitzt, ist vieles – scheu und gottesfürchtig sicherlich nicht. Ihr Name, der dem spätlateinischen „verenus" entstammt, lässt sich jedoch auch als „glaubwürdig", „echt" und „wahr" übersetzen. Dies passt schon eher zu der gefestigt wirkenden Person.

Verena steht vor ihrem siebten Umzug innerhalb der vergangenen zehn Jahre. Es wäre nicht unangebracht, ihr durchaus eine gewisse Expertise in diesen Dingen zuzusprechen. Missmutig beißt sie auf den Bleistift, der eben noch vor ihr lag, und schließt parallel mit der anderen Hand das Mailprogramm, während sie an die mit dem Umzug verbundene, noch anstehende Arbeit denkt. Wenn sie etwas sicherlich nicht mag, ist es handwerkliche Arbeit. Ganz so unbegabt, wie sie sich immer darstellt und wie ihr Äußeres vermuten lässt, ist sie nicht. Dennoch: Akkuschrauber, Umzugskisten und Muskelarbeit sind nicht so ihres. Ihre Welt sind die Bücher, fachliche Diskussionen und der unstillbare Wunsch, einen bleibenden Fußabdruck in der Welt zu hinterlassen. In den letzten neun Monaten gelang es ihr, zwei Aufsätze mit dem Lehrstuhlinhaber zu veröffentlichen, die in der Fachwelt durchaus Beachtung fanden. Sie sind einer der Gründe, weshalb er vor wenigen Wochen an sie herantrat und ihr eine Promotionsstelle anbot. Dieser Chance ist sie sich mehr als bewusst. Schließlich wurde dieser jungen Frau eine wissenschaftliche Karriere wahrlich nicht in die Wiege gelegt. Sie, am Schreibtisch eines Lehrstuhlbüros, Teil der Bildungselite des Landes – noch vor wenigen Jahren wäre dies undenkbar gewesen.

Als Kind einer Arbeiterfamilie wurde ihr ein anderer Weg vorgezeichnet: Schon eine abgeschlossene Ausbildung wäre ein Erfolg gewesen. Aber Verena war schon immer anders als ihre Familie. Mit all den positiven wie auch den negativen Konsequenzen. Sie gehörte nie richtig dazu und insgesamt ist die Beziehung zu ihren Eltern und Geschwistern sehr belastet. Diesen Schreibtisch zu erobern, war ein harter, einsamer und oftmals auch demütigender Kampf mit vier zentralen Stationen: Hauptschulabschluss, mittlere Reife, Abitur und Studium. Auf diesem Weg begleiteten sie keine Nachhilfestunden, wohlwollende Eltern oder Elite-Stipendien. Aber stets begleiteten sie eine handvoll Freunde, manchmal auch deren Eltern und letztlich motivierte sie sich immer wieder selbst.

„Die letzten neun Monate am Lehrstuhl vergingen wie im Flug", resümierte sie erst letztens vor einer Freundin. Es kommt ihr vor, als sei ihr erster Tag, an dem sie Renate, die Sekretärin und aufgrund ihrer mütterlichen Art auch die gute Seele des Lehrstuhls, begrüßte, gestern gewesen. Die meisten Regale in ihrem ersten eigenen Büro sind noch immer leer. Allzu viel eigene Fachliteratur konnte sie sich bislang nicht leisten. Im Gegensatz zu den vollgestellten Büros ihre Kollegen wirkt ihres erfrischend aufgeräumt. Aufgeräumter auch als ihre aktuelle innere Verfassung, die mehr dem Sprudeln der vor ihr auf dem Schreibtisch stehenden Mineralwasserflasche entspricht. Gerade erst begann sie, Wurzeln zu schlagen und ist schon wieder dabei, sich zu verabschieden. Sie wird den vertrauten Norden verlassen und in den unbekannten Osten ziehen. Gestern machte sie diese Entscheidung – verbunden mit der Antwort an den Professor zur seinem Promotionsangebot – publik. „Ihre Absage überrascht mich. Selbstverständlich habe ich Ihre Entscheidung zu akzeptieren, wenngleich sie mich traurig stimmt", antwortete ihr der Professor, während Renate in Tränen ausbrach. Mit derart traurigen Reaktionen hätte sie nicht gerechnet, obwohl Abschiede nichts Neues für sie sind. Es gibt Themen, die einen Menschen kurzzeitig beschäftigen und jene, die ihn wie ein Leitthema begleiten. Letztere eignen sich als Buchtitel einer Biografie. Abschied nehmen und nirgends so richtig ankommen sind zwei der Themen, die Verena begleiten. Insofern würde ihre Biografie vermutlich "Abschiednehmen vom Ankommen" heißen.

Ihren ersten großen Umzug vollzog Verena mit 17, als sie sich entschied, das elterliche Zuhause vorzeitig zu verlassen, um sich auf das Abitur vorzubereiten. Dies ist zumindest ihre gängige Erklärung, wenn sie auf dieses Lebensereignis zu sprechen kommt. Die Wahrheit sieht anders aus: Wäre es nach ihrer Familie gegangen, hätte sie kein Abitur gebraucht. Mit der Mittleren Reife hatte sie bereits den höchsten Bildungsstand innerhalb der Familie inne. „Warum sollte jemand wie du studieren? Wer soll das bezahlen? Und wie willst du das überhaupt schaffen?", fragte ihr Vater ungläubig, nachdem sie ihm in der achten Klasse eröffnete, später einmal studieren zu wollen. Eine gute Ausbildung als Industriekauffrau erschien der Familie erfolgsversprechender. Schließlich würde sie dann endlich etwas verdienen. Die Miete zahle sich ja nicht von allein. Gewaltbeladene Konflikte und einige Sabotageakte in Form von versteckten Schulbüchern stellten Verena vor die Entscheidung: Kapitulieren oder die Flucht nach vorne? Sie entschied sich für Letzteres. Um die unheilvolle Aufmerksamkeit des Jugendamtes nicht auf sich zu ziehen, schlug sie sich in den letzten Monaten bis zum Abitur mit Aushilfsjobs und Almosen von Bekannten durch, um sich dann ins BAföG-finanzierte Studium zu retten.

Während ihr, der Bildungsaufsteigerin aus der Hauptschule, besonders die Fächer Mathematik und Englisch zu schaffen machten, deren Lücken sie gegenüber ihren Klassenkameraden bis zum Abitur nicht aufholen konnte, stand sie zu Beginn des Studiums wieder auf „Los". Mit der Psychologie, einer neuen Materie, der die meisten ihrer Kommilitonen bislang auch noch nicht begegnet waren, gelang ihr so etwas wie ein Neuanfang. Anders als in der Schule, gehörte sie von nun an nicht mehr zu den einsamen Außenseitern – im Gegenteil: Der Wechsel ins Studium bescherte ihr einige tiefe und andauernde Freundschaften. Viele dieser Freunde leben immer noch im Norden Deutschlands. Manchen gelang zum Beispiel ebenfalls der Sprung an einen Lehrstuhl samt Promotion, so dass sie sich bis heute regelmäßig sehen.

Auch für Verena sollte es bald mit der Promotion soweit sein. Sie kann sich noch genau an die Gefühle erinnern, die das Promotionsangebot ihres Professors bei ihr auslösten: Während sie sich ihm gegenüber erfreut und zugleich gefasst präsentierte, konnte sie den gesamten Heimweg über ihre Tränen nicht zurückhalten. Zum einen aus Freude, zum anderen auch aus Trauer – wurde ihr in diesem Moment bereits das Unausweichliche klar: Sie wird die Universität und somit wieder einmal ihr Umfeld verlassen.

Während sie gerade an diese Szene zurückdenkt, läuft ihr eine Träne über die Wange. Verena steht kurz auf, greift nach der Mineralwasserflasche und tritt ans Fenster, um etwas frische Luft hereinzulassen. Sie beobachtet den betriebsamen Feierabendverkehr, der an ihrem Büro vorbeiströmt und etwas weiter entfernt die Studierenden, die die Mensa nach einem kostengünstigen Abendessen verlassen. Kein Todesfall, kein Universitätsausschluss und auch keine finanziellen Sorgen haben sie zu diesem Schritt bewogen. Der Grund dafür ist auch keine neue berufliche Herausforderung, sondern ihre Beziehung zu Nestor.

„Uns verbindet mehr als eine romantische Beziehung", beschrieb Verena der mütterlichen Renate eines entspannten Mittags bei deiner Tasse Kaffee ihre Beziehung zu Nestor. Seit gut vier Jahren gibt es Nestor an ihrer Seite. Er ist ein 28-jähriger, bodenständiger Volkswirt und verkörpert genau das Gegenteil von Verenas Vater. Ein Mann, der sie gleichberechtigt behandelt und selbst von einem betriebsamen, aber zurückhaltenden Ehrgeiz getrieben ist, was Verena besonders attraktiv an ihm findet. Der Soziologe Andreas Reckwitz würde die beiden ganz klar der neuen Mittelschicht zuordnen – einer Gruppe urbaner Kosmopoliten, die permanent an ihrer individuellen Selbstoptimierung und -verwirklichung arbeitet. „Wir teilen eine tiefe partnerschaftliche Freundschaft, die den Blick in die Seele des jeweils anderen ermöglicht. Keiner weiß so sehr wie er, was mich antreibt, wo meine Schwächen liegen und was mich stärkt", antwortete sie auf Renates Nachfrage, was unter dem „Mehr" als eine romantische Beziehung zu verstehen sei. Was sie dabei nicht erwähnte: In den bislang dunkelsten Stunden ihres Lebens, als sie vernebelt voller Selbstzweifel, Ängste und Hoffnungslosigkeit nicht mehr weiterwusste und über – bis zum Äußersten gehende – Konsequenzen nachdachte, war er es, der sich neben sie setzte und zuhörte. Er gab ihr nicht den Sinn ihres Lebens zurück, das wäre zu viel gesagt, aber er half ihr ein ums andere Mal, den Nebel zu vertreiben und aus dem Abgrund wieder aufzusteigen.

Aktuell arbeitet Nestor, der in seinem Herzen eigentlich Altenpfleger ist, als Berater der Landesregierung für wirtschaftliche Angelegenheiten. Als vergangenen Sommer das Angebot einer leitenden Stelle im Wirtschaftsministerium im Osten des Landes kam, war beiden klar, dass er diese einmalige Chance annehmen müsse. Dass Verena ihn begleiten würde, stand nicht zur Debatte. War ihm doch bewusst, dass seine ehrgeizige Verlobte, ihrem Lebenstraum entsprechend, auf eine Promotionsstelle hinarbeitete. „Ich komme mit", erklärte sie ihm ganz zu seiner Überraschung wenige Wochen vor seinem geplanten Umzug. Dankend begrüßte er diese Entscheidung, über deren Beweggründe er lange im Unklaren war, sie aber auch nicht offen hinterfragte, um seine Freundin letztlich nicht von ihrer Entscheidung abzubringen.

Sie weiß, wie schwierig der Jobwechsel vom einfachen Handelsanalysten hin zum Wirtschaftsberater das letzte Mal schon für ihn war. Wie häufig er selbst am Abgrund stand, Angstzustände hatte und wie gestärkt – auch durch ihren Beistand – er aus der Situation ging, deren Krönung die abermalige Beförderung sein wird. Sie spürt allerdings auch, dass es dieses Mal noch deutlich schwieriger ist: Die Aufgabe, wie auch die Entfernung werden größer sein. Der Tod seiner Mutter im vergangenen Jahr hat die beiden noch enger zusammengeschweißt. Und er, der umsorgend und mit Tatendrang immer – bedingungslos – für sie da war, braucht nun sie, was sie ihm auch geben möchte.

„Veri, Lust auf einen Kaffee?", fragt sie freudestrahlend ein mindestens genauso gut wie seine Laune aussehender Robin, der in ihr Büro hineingestürmt kommt und sie aus ihren Gedanken reißt. „Ein verlockendes Angebot, das die Chance auf ein paar andere Gedanken verspricht", denkt sie sich, weshalb sie dankend annimmt. Ohne Umschweife kommt er auf ihren Umzug zu sprechen und bekundet, dass er es schade finde, dass sie mit Nestor gehe. Als habe er den einleitenden Punkt abgearbeitet, kommt er schließlich auf den eigentlichen Anlass für den Mittagskaffee zu sprechen: Seine neue Eroberung, eine Studentin aus der Vorlesung, die er vertretungsweise für den Professor hält.

Der ebenfalls 26-jährige war ihr schon zu Zeiten des Studiums aus der Ferne bekannt. So richtig Kontakt haben die beiden allerdings erst, seitdem sie nahezu zeitgleich am Lehrstuhl begonnen hatten. Keine Frage, er ist ihr durch und durch sympathisch, aber dennoch sprechen sie nicht die gleiche Sprache. Im Gegensatz zu ihr kommt er aus einem sehr wohlhabenden Hause. Das Psychologiestudium will Robin sich später als Unternehmensberater vergolden lassen. Ihre Sorgen kennt und versteht er nicht. Nicht nur einmal kamen sie auf ein Thema, das Bezüge zu ihrer Vergangenheit aufweist, zu sprechen. Unwissend über ihre Vergangenheit, wie er ist, tat er dies immer wieder ab oder erfasste es erst gar nicht. Keine neue Erfahrung für Verena.

Vieles aus ihrem Nichtakademikerhaushalt konnte Verena inzwischen hinter sich lassen, mindestens genauso vieles auch nicht. Offizielle Veranstaltungen, die mit einem Essen verbunden sind, sind bis heute mehr Krampf als Genuss für sie. Während andere, allen voran Robin, das exquisite Essen genießen und sich in fremdklingenden Beschreibungen darüber auslassen, ist Verena bereits mit ihrer zittrigen Hand überfordert. „Sobald sie mich als Kind einer Arbeiterfamilie; als Mädchen, das noch immer unsicher mit Messer und Gabel ist, enttarnt haben, werden sie mich noch deutlicher spüren lassen, was für ein Fremdkörper ich bin", sind ihre Befürchtungen, die sie in solchen Momenten immer wieder aufsuchen. Nicht selten wurde sie in ihrer Kindheit und Jugend wegen ihrer Herkunft ausgegrenzt. Um jeden Preis möchte Verena, die sonst so gerne im Mittelpunkt steht, daher nicht auffallen. Sie, die sonst allzu häufig den Ton angibt, spürt in solchen Momenten sehr deutlich, dass sie nicht dazugehört. Statt auf ihren Werdegang stolz zu sein, ertrinkt sie dann fast in ihrer eigenen Scham.

„Was ich aber nicht verstehe: Sie hat danach keine Lust mit mir zu kuscheln?", schaut er sie ratlos an. „Naja, habt ihr schon darüber gesprochen, als was ihr das, was zwischen euch existiert, definieren wollt?", erwidert sie mit der warmen Kaffeetasse in der Hand in seine Richtung schwenkend. „Nur nicht zittern, bitte nicht zittern", denkt sie sich. Dass ein Typ wie Robin gerade vor ihr sitzt und Details aus seinem Sexual- und

Gefühlsleben mit ihr teilt, ist eine neue, eigenartige Erfahrung für ein Mädchen, das in ihrer Kindheit von Gleichaltrigen gemieden wurde. Es heißt immer, Kinder seien gnadenlos. Verena musste eine andere Erfahrung machen. Die Kinder waren selten ihr Problem – deren Eltern, die den Kontakt zu ihr verboten, hingegen schon. „Mama meinte, du und deine Familie seien kein guter Umgang", erklärte ihr Nadja in der sechsten Klasse, um sie anschließend nicht mehr zu ihren Übernachtungspartys einzuladen. Eine von vielen Erfahrungen der jungen und einsamen Verena. Während sich ihre Klassenkameraden auf Urlaube in Italien oder am Meer freuten, waren die Sommerferien für sie die schlimmsten Wochen im Jahr. Vermutlich in dieser Zeit verwandelte sich ihre tief verankerte Wut zu einem inneren, bis heute anhaltenden Drang, nie so werden zu wollen wie ihre Eltern und als Ein-Frau-Armee immer weiter bis zum Nichtmehrkönnen und darüber hinaus zu kämpfen. Mit dem einen Ziel: Besser als die anderen zu sein. „Eines Tages werden sie sehen, was für ein Umgang ich bin und was ihnen entgangen ist", spornte Verena sich immer wieder an.

„Warum schlägst du aus deiner Herkunft nicht vielmehr Kapital?", fragte Nestor sie einst. „Dein Werdegang ist beeindruckend. Dafür könntest und solltest du mehr Anerkennung erhalten. Das steht dir zu!", versuchte er sie zu ermutigen, offener mit ihrer Vergangenheit umzugehen. Aber Verena wäre nicht Verena, wenn sie nicht jede Andeutung von Aufmerksamkeit für dieses Thema beiseiteschieben würde. „Unsere Gesellschaft denkt, sie sei eine durchlässige, in der der familiäre Hintergrund eine immer weniger wichtige Rolle spielt. Dies mag in Teilen stimmen, aber ist nur die halbe Wahrheit", antwortete sie ihm nach längerem Nachdenken auf seine Frage. War es früher die Ausgrenzung der Bürgerlichen, die sie fürchtete, ist es heute deren Mitleid. Statt beeindruckender Anerkennung erntete sie nicht selten mitleidige Blicke und quälend sprachlose Momente, wenn sie sich doch einmal öffnete. Es ist allerdings nicht nur die Gesellschaft, die in diesem Kontext ihr Denken und Handeln kritisch hinterfragen sollte: Mindestens genauso erschreckend ist, wie verächtlich und gnadenlos Verena selbst auf Personen mit ähnlichen Startbedingungen wie ihre blickt, die – vermutlich nicht mit ihrer Stärke und auch nicht mit ihrem Glück gesegnet – scheiterten und aus ihrer Sicht eine klägliche Existenz führen. Würde die breite Gesellschaft ähnlich denken, wäre sie vermutlich noch immer Teil ihrer Familie, ohne allerdings jemals ein richtiges Buch in den Händen gehalten zu haben.

„Heute endet das Kapitel Friedrichstraße" untertitelt wenige Wochen später ein Bild ihres ausgeräumten Büros auf einer Social-Media-Plattform. Vor zwei mit ihrem Hab und Gut gefüllten Umzugskisten stehend, wendet sie nun den Blick von ihrem Mobiltelefon ab und sieht sich ein letztes Mal in ihrem Büro um. Um eine Promotionsstelle im Osten hat sie sich bislang nicht bemüht. Stattdessen wird sie als Psychologin bei einer Suchtberatungsstelle anfangen. Es scheint, als habe Verena für einen Mann ihre akademische Zukunft geopfert. „Das ist doch kein Weltuntergang, auch im Osten gibt es Universitäten und Promotionsstellen", erklärt sie Robin auf ihrer Abschiedsrunde. Er spürt ihre über das normale Maß hinausgehende Abschiedstrauer, projiziert dies allerdings allein auf die vertane berufliche

Chance in Form der Promotionsstelle.

„Wenn er nur wüsste, wie sehr er an meiner Gefühlslage vorbei argumentiert", denkt sie sich im Anschluss, als sie die Situation am Steuer ihres Umzugswagens reflektiert. Es ist nicht die zugesicherte Promotionsstelle, deren Verlust Verena zu schaffen macht. Es sind vielmehr emotionale Sicherheiten, die sie abermals zu verlieren droht: Von ihren familienähnlichen Freundschaften in unmittelbar räumlicher Nähe, über den an ihre Fähigkeiten glaubenden Professor – ein Umstand den sie mangels stolzer Eltern von einer Respektperson nicht gewohnt ist – bis hin zur bisherigen Gewissheit, dass es zwar schön ist, Menschen um sich zu haben, sie aber im Zweifel immer auf sich alleine gestellt sein wird. „Die verstehen nicht, warum ich diese Chance sausen lassen habe. Vermutlich passt eine solche Entscheidung nicht zu einer Person wie mir. Einer scheinbar Unabhängigen. Und wieder einmal erfülle ich nicht das, was mein gegenwärtiges Umfeld von mir erwartet", stellt sie mit einem zynischen Grinsen fest. So negativ dies auch klingt, ist Verena dafür auch dankbar, dass ihr Umfeld ihre Entscheidung hinterfragt – ist dies schließlich auch ein Zeichen dafür, dass man sich um sie und ihr Wohlergehen sorgt. Ebenfalls eine neue Erfahrung für eine Frau, die sich allzu häufig einsam fühlt.

„Es tut schon noch sehr weh, wenn ich an die Leute in der Friedrichstraße denke. Der Lehrstuhl fehlt mir sehr. Die Promotion bei diesem Professor war eine einmalige Chance. Aber du bist das auch", erklärt sie Nestor wenige Wochen später auf einem gemeinsamen

Spaziergang durch ihre neue Wohngegend. Heimat wäre als Bezeichnung noch zu weitgehend. „Glaub mir, so selbstlos, wie es scheint, war meine Entscheidung dann doch nicht. Nun gehen wir unseren Weg gemeinsam", führt sie fort und fügt in ihren Gedanken hinzu: „… und können sehen, was das Schicksal für uns bereithält". Während sie den Arm um ihn legt, biegen die beiden in eine Straße ab, die ihnen durch einige Spaziergänge inzwischen zwar vertraut ist, deren Namen ihnen allerdings immer noch verborgen geblieben ist: Friedrichstraße.

JÖRG SCHMIED

Jörg Schmied, der einst im gleichnamigen Beruf arbeitete, hat die Fassung verloren. Was ihn seine Fassung verlieren ließ, muss erst einmal verdaut werden. Darüber sprechen kann er im Moment nicht. „Können", das ist so eine Sache bei ihm. Es gibt einiges, das er mal wieder könnte: Er könnte mal wieder lüften, aber für wen? Er könnte sich mal wieder waschen, aber für wen? Er könnte mal wieder leben, statt nur zu existieren, aber für wen? Gerochen und gesprochen hat er schon lange nicht mehr. Mit wem auch? Jörg Schmied, der einst im gleichnamigen Beruf arbeitete, ist schon seit längerer Zeit ruhig. „Die Ruhe tut mir gut", wäre seine Antwort, würde ihn danach jemand fragen. Gefragt wird er allerdings nicht, von wem auch? Hierfür müsste er mal wieder seine Wohnung verlassen. Macht er aber nicht. Wohin auch? Hierfür müsste er mal wieder jemanden besuchen. Macht er aber nicht. Wen auch? Hierfür müsste er ein Ziel haben. Hat er aber nicht. Welches auch? Hierfür müsste er sich Gedanken machen. Macht er aber nicht. Wann auch? Denken ist zu zeitintensiv. Man mag es kaum glauben, aber Zeit ist Mangelware im Leben des Jörg Schmied.

Er, der als Jörg Schmied einst im gleichnamigen Beruf arbeitete, sitzt vor seinem Fernseher und schaut in die Ferne. Hier trifft er seine Freunde: Die Richterin, den Privatdetektiv, das „Promiluder", die ausgetauschte Frau, den übergewichtigen Verlierer. Sie sind immer da, können sich ihm nicht entziehen. Zugegeben, er kann sich auch ihnen nicht entziehen. Nicht noch einmal möchte er sie verlieren – seine Freunde, seine Familie. Das hat er alles schon hinter sich. Schmerzhaft war es, nicht einfach. Von einem Tag auf den anderen setzte sich seine Abwärtsspirale in Gang, ohne Vorbereitung, ohne Selbstverschulden. Warum? Das hat er bis heute nicht verstanden. Er versteht viele Menschen nicht, viele Menschen verstehen ihn nicht. Nicht nur wegen seinem gelblichen Vollbart, der den Schall seiner Worte dämpft. Auch nicht nur aufgrund seiner unsicheren und leisen Stimme, deren Frequenz der Allgemeinheit eine unbekannte Chiffre zu sein scheint. Sie verstehen ihn nicht, weil sein Leben nicht nachzuvollziehen ist, seine Gedanken nicht zu fassen und seine Emotionen nicht zu fühlen sind. Aber versteht er sich selbst?

Er, der als Jörg Schmied einst im gleichnamigen Beruf arbeitete, kannte sich vor einiger Zeit sehr gut. Lange ist es her, gefühlt ein ganzes Leben ist inzwischen vergangen – sein Leben? Ein Leben in dem er gefragt, geschätzt und geliebt wurde. Als er mit seinen eigenen Händen immer wieder aus vielen Einzelteilen etwas Einzigartiges herstellte. Einzigartig war auch sein Verhältnis zu Pferden, deren Gedanken er lesen und deren Hufe er, wie kein anderer, mit Eisen verzieren konnte. „Glückskünstler" nannten ihn die eigensinnigen, aber für ihre geliebten Seelenverwandten aufopferungsvollen Pferdefrauen, wenn er mit frisch geschmiedeten Hufeisen auf dem Hof vorbeischaute. Ältere Exemplare, für die Pferdehufe nicht mehr gut genug, verkaufte er auf dem Wochenmarkt für den guten Zweck. Gut, weil er nicht nur an seine eigene Tasche, sondern an die der Schwächeren dachte: Obdachlose, Alleinerziehende, ältere Damen und Herren, die zum Monatsende nicht mehr wussten, woher sie etwas zu essen bekommen sollten. Er war es, der regelmäßig aus den Einnahmen einen ausgab oder neue Schuhe für ihre Kinder spendierte. Nun ist er es, der zum Monatsende nicht mehr weiß, woher er etwas zu essen bekommen soll und dessen Schuhe sich durch ihre unfreiwillige Luftdurchlässigkeit auszeichnen.

Er, der als Jörg Schmied einst im gleichnamigen Beruf arbeitete und mit seiner großen Liebe Klaudia eine glückliche Familie gegründet hatte, sitzt nun fassungslos auf seinem Sofa und schaut mit offenem Mund in die Ferne. Was ihn seine Fassung verlieren ließ, kann er immer noch nicht verraten. Verraten werden kann aber: Jörg Schmied, der einst im gleichnamigen Beruf arbeitete, lebt seit längerem ohne seine Klaudia und die beiden Kinder, die sie Lisa und Fabian nannten. Zwei wunderbare Kinder, die ihm wie aus dem Gesicht geschnitten waren – das Mädchen, das gerade erst in den Kindergarten gekommen war und der Junge, der kurz davorstand, diesen für die Schule zu verlassen. Wie er nun ohne sie ist, sind die drei auch ohne ihr Leben. Seit ihrem Autounfall – unverschuldet auf einer einsamen Landstraße in einer verregneten Herbstnacht. Zu niedlich war das Reh, dem sie auswichen und zu fest der Baum, den sie stattdessen erwischten. Immerhin war ihr Leiden von kurzer Dauer, wie ihm die netten Damen der Polizei freundlich erklärten. Umso länger dauert schon sein Leiden an: Er, der als Jörg Schmied einst im gleichnamigen Beruf arbeitete, hatte mit einem Schlag seine Familie und Stück für Stück alles andere verloren: Sechs Monate nach ihnen seine berufliche Existenz, weitere drei Monate später sein Haus, zwei Jahre später seinen letzten Freund und einen nicht näher definierbaren Zeitpunkt später vermeintlich auch endgültig und unveränderbar seine Zukunft.

Er, der als Jörg Schmied einst im gleichnamigen Beruf arbeitete, war nun kein Familienvater, kein Freund und kein Schmied mehr. Was ist er aber nun? Ein Mann im wahrgewordenen Alptraum. Einst träumte er davon, seine Selbständigkeit auszuweiten und seinen Kindern die Bildung zu ermöglichen, die sie sich wünschten. Er träumte von Urlauben im freien Amerika, von finanzieller Unabhängigkeit und weiteren Kindern. Er träume von einem Hund, einem eigenen Pferd und einem Lebensabend mit seiner Klaudia im Strandhaus auf Rügen. Gerügt wurde er nun für seine fehlenden Bemühungen, einen Job zu suchen. Gerügt für seine vermeintliche Unlust, wieder etwas zur Gesellschaft beizutragen, statt ihr zur Last zu fallen.

Er, der als Jörg Schmied einst im gleichnamigen Beruf arbeitete, hatte lange gesucht: Erst nach einem Psychologen, der ihm mangels Verbindung dann doch nicht half, nach einem Arbeitgeber, der ihm eine Chance geben wollte und letztlich nach einem Ziel, an das er sich klammern konnte. Klammer um Klammer heftete er anfangs die Absagen an seine Kopien der abgeschickten Bewerbungsschreiben, die seit Jahren nicht mehr in Gesprächen enden. Endlich war auch der Glaube an sich selbst. Ihm ist bewusst, dass er nicht mehr gebraucht wird und die Welt nicht auf ihn wartet. Warten muss auch immer öfter seine Vermieterin auf die Miete. Gemieden wird er von seinen Nachbarn, die ihn schon aus der Ferne riechen und das Weite in ihrer Wohnung suchen, was bereits nicht selten darin endete, dass sie ihm die Tür vor der Nase zuschlugen.

Er, der als Jörg Schmied einst im gleichnamigen Beruf arbeitete, ist sehr einsam und ohne jegliche Lebenslust. Zu träge, zu einseitig, zu elendig ist sein Alltag. Zu energie- und hoffnungslos er selbst. Keine Mail, kein Brief, kein Anruf. Keine Gedanken, keine Zukunft. Kein Anzeichen, keine Veränderung, kein Ausweg. Keine Unterstützung, kein Austausch, keine Freundschaft. Keine Richtung, keine Etappe, kein Ziel. Keine Solidarität, keine Freiheit, keine Teilhabe. Kein Bewusstsein, keine Existenz. Kein lebenswertes Leben?

Jörg Schmied, der einst im gleichnamigen Beruf arbeitete, sitzt rauchend in seinem Wohnzimmer und hat noch immer die Fassung verloren. Das, was ihn seine Fassung verlieren ließ, ist eine dreiviertel Seite lang, liegt geöffnet vor ihm auf dem Couchtisch und hat bereits die ersten Flecken vom durch die zittrige Hand verschütteten Kaffee: Es ist ein Brief; nicht irgendein Brief – eine Einladung zu einem Vorstellungsgespräch, eine Einladung in eine Veränderung? Eine verbriefte Chance auf einen Jörg Schmied, der bald wieder im gleichnamigen Beruf arbeiteten wird?!

FERNSEHMÜLL

„Wir freuen uns, dir mitzuteilen, dass du das Casting gewonnen hast. Du bekommst die Moderation" ist die Nachricht, auf die Yvonne ihr Leben lang gehofft hat – so fühlt es sich zumindest in diesem Moment an. Eben noch am Zähneputzen, das durch den langersehnten Anruf ein abruptes Ende fand, tänzelt Yvonne freudestrahlend durch ihr WG-Zimmer, während sie die restlichen Details mit der TV-Produzentin klärt. Diese eröffnet ihr, dass sie, bis es in ein paar Wochen losginge, noch mindestens 3, besser 4 Kilo abnehmen und regelmäßig ins Solarium gehen sollte. Sie wisse ja, dass man blasser und dicker vor der Kamera aussehe. Außerdem sei „Yvonne" als Name zu langweilig: „Wie wäre es mit ‚Yvy'?" Selbst die Zahnpasta-Flecken, die sie gerade nach Beendigung des Telefonats auf ihrem Nachthemd entdeckt, können Yvonnes Stimmung in keiner Weise trüben. Endlich hat sich ihr die Tür ins Showbusiness geöffnet. Künftig wird sie nicht mehr für unbezahlte Praktika im Hintergrund stehen. Nein, sie wird es sein, auf die sich die Scheinwerfer richten.

„Zugegeben, es wird noch nicht das große Rampenlicht sein, aber besser klein als kein – das „L" macht den Unterschied", denkt sie sich.

Die 25-jährige Bremerin hat vor wenigen Monaten ihr Jura-Studium auf Biegen und Brechen mit dem zweiten Staatsexamen abgeschlossen. Darin arbeiten wollte sie allerdings nie. Es ist nicht so, dass sie die Rechtsmaterie uninteressant findet – im Gegenteil: Jedem, der behauptet, diese sei trocken, zeigt sie den Vogel und erklärt, es gäbe vermutlich wenige andere Studiengänge, die sich näher an menschlichen Sachverhalten orientieren – „alles ist Jura". Es ist auch gerade der gesellschaftspolitische Kontext, der sie das Studium überleben ließ. Aber sich später vor dem Amtsgericht über Streitwerte von bis zu 500 Euro herumärgern möchte sie nicht. Vielmehr diente das lange Studium dazu, ihre Eltern zu beruhigen und sich zugleich Zeit zu verschaffen, um parallel an ihrer Fernsehkarriere zu arbeiten.

Mit Erfolg: Nach der Sommerpause übernimmt sie die Moderation der Kindernachrichtensendung „Deine News" auf einem zweitklassigen Privatsender. Mit einer Sendezeit von 15 Minuten fasst die Sendung das tägliche Geschehen kindgerecht zusammen. Nach Yvonnes Einschätzung wird das ihr Sprungbrett für Größeres sein. Langfristig sieht sie sich im öffentlich-rechtlichen Fernsehen und dort in der Moderation eines wöchentlichen Polittalks. Ein Start in einem Nachrichtenformat, auch wenn es nur für Kinder ist, ist da nicht schädlich. Im Gegenteil: Schließlich wachsen diese Kinder zu Erwachsenen heran und was spricht dagegen, sich mit der Zielgruppe weiterzuentwickeln?

Aber bis dahin wird es noch ein langer Weg und die nächsten Tage wird sie Hunger haben.

Um der Anweisung der Produzentin Folge zu leisten, lässt Yvonne heute gleich mal das Frühstück aus und geht stattdessen joggen. Eigentlich ein Sportmuffel, wird dies die nächsten Wochen zu ihrer „Lieblingsbeschäftigung". Statt Kilos zu verlieren, nimmt sie zunächst welche zu. Allerdings werden durch das Trainingsprogramm ihre Gesichtskonturen stärker und ihre Schenkel straffer. Vom Ehrgeiz getragen, nutzt sie die freien Wochen bis zum Arbeitsbeginn, um jeden Tag die aktuelle Nachrichtenlage zu checken und fiktiv eine abendliche Nachrichtensendung vorzubereiten. So übt sie ihre künftigen Aufgaben – von der Nachrichtenrecherche bis hin zur fertigen Moderation. Geprägt sind diese Wochen von einem Gefühl des Aufbruchs. Jetzt ist ihre Zeit gekommen: Aus Yvonne wird Yvy.

„Noch 10 Sekunden bis zur Sendung", in lässiger Jeans und geglätteter brauner Haarpracht, in Manier der coolen großen Schwester, steht Yvy vor der Kamera. Gleich ist sie zum ersten Mal live auf Sendung. Sie fühlt sich, als sei ihr Herz bereits in die Hose gerutscht. „Hallo meine Lieben, ich bin Yvy. Und wir starten gemeinsam in die Nachrichten. Während für einige von euch heute nach den Ferien wieder die Schule los ging, ist in der Welt einiges passiert. Dieser Mann hier ist euch sicherlich bekannt – der US-Präsident stattete der Bundeskanzlerin endlich einen Besuch in Berlin ab. Warum in Berlin?", eine kurze Pause. „Richtig, weil dies die Hauptstadt von Deutschland ist. Dabei sprachen sie auch über die Kinder in Flüchtlingscamps und Möglichkeiten, diesen zu helfen", moderiert sie, innerlich mehr als nervös, den ersten Beitrag an. Etwas holprig, aber für das erste Mal mehr als zufriedenstellend, führt sie noch weiter durch die Sendung, um anschließend von der Produzentin unter Druck gesetzt zu werden: „Da ist eindeutig noch Luft nach oben", erklärt ihr diese. Als sie Yvys niedergeschlagenes Gesicht sieht, holt sie weiter aus: „Ich habe von Anfang an an dich geglaubt, enttäusche mich nicht, sonst bist du hier schneller weg, als deine tägliche Sendezeit verpuffen kann". Anstelle sich über ihre TV-Premiere zu freuen, zieht sie sich unzufrieden um. Auf dem Nachhauseweg überfliegt sie die ersten Nachrichten ihrer Familie und Freunde. Diese hatte sie im Vorfeld über die erste Sendung informiert, weshalb sie gespannt vor dem Fernseher gewartet hatten und sie anschließend mit Lob und Anerkennung überschütteten, die sie nun allerdings nicht an sich heranlassen kann. Stattdessen lässt sie die Mitteilungen unkommentiert und flüchtet sich weiter in ihre Perfektion: Joggen, wenig Essen, viel Lesen und üben, üben, üben.

Yvys Tatendrang sollte schon bald seine ersten Früchte tragen: Das Feedback der TV-Produzentin wurde weniger harsch und Yvy gelang es zunehmend, sich in ihre neue Rolle einzufinden. Was im normalen Arbeitsleben die ersten Schritte bis zum Ankommen sind, ist in der Medienwelt ein halbes Leben. Was gestern noch gut war, ist heute schon „out" und aus der Zeit gefallen. Einer der wichtigsten Indikatoren für Erfolg ist der Wiedererkennungswert. Und ganz die Streberin, gelang es Yvy – indem sie auch Minister oder berühmte Social-Media-Stars zu Interviews einlud – dass sie als die Kindernachrichten-Moderation wahrgenommen wird. Zu sehr, wie ihr nach einiger Zeit ihre Kritiker vorwerfen. Es verstreicht ein Monat nach dem anderen, ohne dass sich weitere lukrative Angebote für sie ergeben. Dabei erhofft sie sich gerade durch den Moderationsjob, an diese zu gelangen. Als sich nach zweieinhalb Jahren andeutet, dass sie inzwischen zu alt für die „große Nachrichten-Schwester" ist und sie in Erfahrung brachte, dass im Hintergrund schon nach Ersatz Ausschau gehalten wird, entscheidet sie sich, das Zepter selbst in die Hand zu nehmen.

„Du bist zu langweilig, da muss etwas Spannung her", erklärt ihr Amalia, eine der in der Branche bekanntesten PR-Beraterinnen. Die beiden Frauen analysieren gerade Yvys Image und was aus diesem herauszuholen ist. „Vielleicht eine Liebesgeschichte. Wie wäre es mit einem Fußballer?", wirft Amalia in den Raum. „Da kenne ich keinen. Geschweige denn, dass sich da etwas auf emotionaler Ebene anbahnen könnte. Du weißt doch, dass ich kaum zu roten Teppichen eingeladen werde", erwidert Yvy. „Das muss ja nichts Echtes sein. Dafür gibt es Agenturen. Was glaubst du, wie viele Fußballer schwul sind und dies allein schon wegen den Werbekunden verheimlichen müssen? Je nachdem, welcher da für dich im Rahmen einer solchen „Strategischen Partnerschaft", wie wir es nennen, herausspringt, ergibt sich für dich neben der Aufmerksamkeit eventuell auch die Möglichkeit, von einem seiner Werbeverträge zu profitieren. Aber sei vorgewarnt: die Verträge zu dieser „Beziehung" sind knüppelhart. Da ist es auch nicht gestattet, deiner Familie die Wahrheit zu erzählen". Es ist nicht so, dass Yvy naiv ist, aber dies schockiert sie. Dennoch sieht sie, dass sie etwas verändern muss und lässt sich auf den Vorschlag ein.

Was folgt ist die Bilderbuch-Romanze mit einem Nationalspieler: Frühstückend in Paris, tanzend in Rio und shoppend in London, werden die beiden von Paparazzi abgelichtet. Die PR-Beraterin sollte Recht behalten: Nach einem halben Jahr Beziehung wird Yvy in seinen Werbevertrag mit einem Automobilhersteller mitaufgenommen. Während er den großen Sportwagen bewirbt, wird sie Markenbotschafterin für den neusten Kleinwagen, welcher der weiblichen Zielgruppe imponieren soll. Es folgt ein Antrag unter Palmen, der „zufällig" von Paparazzi für die Klatschpresse mit ausreichend Bildmaterial festgehalten wird. Neben Präsenz in der Klatschpresse, ergeben sich für Yvy keine weiteren Jobangebote außerhalb von kleineren Firmenevents. Yvy nagt nicht am Hungertuch – ganz im Gegenteil: Sie hat ein großes Zimmer in der Münchner Villa ihres „Verlobten" und bekommt die besten Modeartikel kostenlos zur Verfügung gestellt. In Anbetracht des auslaufenden 2-Jahres-Beziehungsvertrags, für den, trotz ihrer Bitte, keine Verlängerung vorgesehen ist, da eine Hochzeit nicht länger hinauszuzögern sei, steht sie dennoch unter großem Druck.

Eine Lösung muss her: Vom Traum einer Karriere im öffentlich-rechtlichen Fernsehen weit entfernt, entschließt sich Yvy, das Ende ihrer Beziehung durch einen inszenierten „Fremdgehskandal" einzuleiten. So sind es wieder einmal die herbeigerufenen Paparazzi, die sie in vertrauter Pose mit einem ehemaligen Castingshow-Sieger ablichten. Die Presse beschimpft sie als „undankbare Fremdgeherin" und ihren Ex-Verlobten als „den Liebling der Nation". Eines der größten deutschen Medienblätter startet eigens einen Aufruf, bei dem sich Frauen melden sollen, die ihn nicht betrügen würden. Zynisch, da hinter vorgehaltener Hand die ganze Branche über seine sexuelle Neigung Bescheid weiß. Während ein Mann als Schürzenjäger gefeiert wird, eignet sich eine fremdgehende Frau perfekt für eine mediale Hetzkampagne. Nicht umsonst sahen sich früher schon emanzipierte Frauen eher dem Scheiterhaufen ausgesetzt.

Mit dem Ende der Beziehung, endet für Yvy auch die vertraglich vereinbarte monatliche Zuwendung des Fußballers. Ihr PR-Coup ging zwar auf: Die kalkulierte Aufmerksamkeit war ihr sicher. An der Auftragslage änderte sich allerdings nichts. Da sich nach einiger Zeit immer noch keine weiteren Einnahmen auftuen, die Rechnungen – trotz stark reduziertem Lebensstil – aber weiter ins Haus flattern, entscheidet sich Yvy für einen radikalen Bruch mit ihrem bisherigen Leben und einen Neuanfang.

„Wenn wir Glück haben, können wir den Rechtsstreit durch eine Anerkenntnis von Seiten des Beklagten schnell beenden", berät Yvonne, die nun wieder unter ihrem bürgerlichen Namen unterwegs ist, einen überforderten Handwerksmeister. Dieser schaut sie ungläubig an und versteht kein Wort. Sie wird aber schon wissen, was sie macht, beruhigt er sich selbst. In ihrem Studienberuf zurück, ist sie seit zwei Monaten für eine schlechtbezahlende Rechtsberatung tätig, deren Schwerpunkt auf kleinen zivilrechtlichen Streitigkeiten liegt. Mangels praktischer Erfahrung, ergab sich für sie keine besser bezahlte Stelle als Anwältin. Yvonne berät, sofern es zur Beratung kommt, Mandanten, die sich mit monatlichen Ratenzahlungen übernommen haben, oder wegen Schlechtleistung mit dem Handwerker streiten. Inzwischen hat es sich herumgesprochen, dass die Ex-Spielerfrau für die Rechtsberatung tätig ist. In den letzten Tagen häufen sich die Vorsprachen, die sich im Nachhinein als Vorwand herausstellten, um mit ihr, dem „Promiluder", in Kontakt zu kommen.

Auch wenn dies nicht in ihrer Verantwortung liegt, ist es ihr Vorgesetzter, der sie dafür in Verantwortung zieht. „Das muss aufhören. Das zieht unnötig Kapazitäten, die wir ohnehin nicht haben. Bekomm das unter Kontrolle", fordert er sie wutgeladen auf. „Aber wie soll ich etwas unter Kontrolle bekommen, das fern jeglicher Kontrolle liegt?", fragt sie ihn, nachdenklich, während die Frage vielmehr lauten sollte: Wie einen Sumpf mit bloßen Händen trockenlegen, den man jahrelang mit der größtmöglichen Gießkanne bewässert hat? Seine Antwort ist derart empathielos und kurzatmig, dass egal ist, dass sie nicht die selbstkritischere Variante der Frage gewählt hat: „Das ist dein Problem".

„Geile Füße", lautet die Nachricht, die sie aufgrund ihres letzten und schon Monate zurückliegenden Social-Media-Post erhält, während sie nach der Ansage ihres Chefs mit getrockneten Tränen im Gesicht in der Straßenbahn auf dem Weg nach Hause sitzt. Grundsätzlich ignoriert sie diese Benachrichtigungen, die sie seit Tag 1 auf Social Media begleiten. Ab und zu antwortet sie mit einer schnippischen Bemerkung. Verzweifelt ob der Probezeit, in der sie sich noch befindet, und der – aufgrund ihres immer noch über ihren Einnahmen liegenden Ausgaben – sich auf dem Konto anhäufenden Verschuldung, entschließt sich Yvonne, eine weitere Einnahmequelle in Betracht zu ziehen. Nicht selten ist eine dieser Nachrichten auch mit dem Angebot, für die getragenen Schuhe oder ihrer Unterwäsche zu bezahlen, versehen. „Warum soll sich meine Restpopularität zumindest nicht so bezahlt machen?", denkt sie sich und durchforstet ihr Profil. Schnell wird sie fündig und antwortet auf die zum Teil weit über ein Jahr zurückliegenden Angebote. Einige der „Interessenten" sind überrascht und stellen ihre Echtheit in Frage, andere gehen davon aus, im Rahmen einer Fernsehsendung aufs Korn genommen zu werden. Aber ein etwas kleinerer Teil der Schreiber ist so kühn, davon auszugehen, dass die Ex-Spielerfrau sich auf ihr Angebot einlässt. Artig überweisen sie den geforderten Betrag. So verlangt Yvonne für ein getragenes Paar Schuhe bis zu 200 Euro mehr, als sie ursprünglich für diese bezahlt hatte und bis zu 500 Euro mehr für getragene Unterwäsche. Als sie ihren Schuldenberg immer weiter schrumpfen sieht, wandelt sich die Beschämung über diese Einnahmequelle in Stolz über die Selfmade-Lösung.

Auch wenn ihre Sorgen dadurch vorübergehend weniger werden, ist sich Yvonne darüber im Klaren, dass die Rechtsberatung keine dauerhafte Lösung ist. Für die Belange ihrer Mandanten und das materielle Recht fehlt ihr schlicht das Interesse. „Warum immer nur jammern und klagen?", offenbart sie sich einer Freundin. „In den wenigsten Fällen haben sie eine realistische Chance und ich bin es, die es ihnen sagen muss. Als Dankeschön ernte ich böse Blicke und nicht selten wüste Kommentare".

Wie gerufen kommt ihr da die Anfrage eines größeren Privatsenders. Sie hätten sie gerne als Teilnehmerin eines neuen Fernsehformats. „Unsere Kandidaten reisen drei Wochen lang zusammen auf einem Schiff in der Nordsee. Die Zeit verbringen sie damit, sich selbst zu versorgen und ‚Challenges' zu lösen. Ab der dritten Woche wird per Telefonvoting jeden Tag einer der Teilnehmenden herausgewählt und geht ‚über Bord"', erklärt ihr ein Mitarbeiter der Produktion freundlich am Telefon. Ein Angebot, dass Yvonne zu Beginn ihrer Karriere niemals in Betracht gezogen und stolz abgelehnt hätte. Nun wirkt es wie ein rettender Anker aus ihrer misslichen Lage.

Anstelle sofort zuzusagen, schiebt sie nichtexistierende Angebote vor, die kurz vor Unterzeichnung stünden, um den Preis nach oben zu treiben. Über mehrere Wochen hinweg wird verhandelt. Parallel engagiert sie einen PR-Berater, der ihre TV-Karriere mit weiteren Formaten nach der Sendung am Leben halten soll. Mangels Liquidität, diesen für seine Dienste sofort bezahlen zu können, lässt sie sich mit ihm auf einen Managementvertrag ein, bei dem ihm 50 Prozent ihrer Einnahmen als Vergütung zustehen sollen. Die Vertragsverhandlungen mit dem TV-Sender laufen weiter, bis sie satte 45.000 Euro Festhonorar zugesichert bekommt. Zusätzlich soll sie, für jeden Tag, den sie in der dritten Woche von den Zuschauern weiter gewählt wird, weitere 2.500 Euro und bei Sieg 25.000 Euro Prämie erhalten. Ein Angebot, das Yvonne nicht ablehnen kann. Aus Yvonne wird ein zweites Mal Yvy.

„Los, spring! Das Wasser muss aus dem Eimer. Setz deinen Knackarsch ein", schreit ihr Dirk, ehemaliger Profiboxer, nun hochverschuldet und Yvys Teamkollege, entgegen. In zwei Teams sollen jeweils drei Frauen die an ihrer Hüfte befestigten und zuvor von den Herren mit dem Mund befüllte kleine Fässer durch Hüpfen wieder leeren. Es ist kein Zufall, dass sie dabei keinen BH, sondern lose, und durch das Hüpfen feuchtwerdende, weiße T-Shirts tragen. Es ist das dritte Jahr nach der Me-too-Debatte und der vierzehnte Tag an Bord. Die Sendung „Fernsehmüll – Promi über Bord", die mit einer bunten Mischung aus gescheiterten oder zum Scheitern verurteilten TV-Persönlichkeiten besetzt ist, startete mit Traumquoten. Das Konzept geht auf: Ein Schiff, 12 Möchte-gern-Prominente und ein zerstörerischer Kampf um Aufmerksamkeit und Geld. Keiner der Promis möchte heute Abend als erstes die Sendung verlassen. An Trashformaten nehmen Jene Teil, die scheinbar ihre Würde verloren haben. Viel mehr verloren haben aber Jene, die auf der anderen Seite der Glotze sitzen: ihren Anstand und Respekt vor der Würde anderer. Auch wenn es kaum erniedrigender erscheint, als an einer solchen Sendung teilzunehmen, kann die Lage zwischen dem Ersten, der sie verlässt und demjenigen, der sie am Ende gewinnt, nicht unterschiedlicher sein: Während der eine endgültig als gescheitert gebrandmarkt ist und auf keine weiteren Angebote hoffen kann, ist der andere einigermaßen medial rehabilitiert und zumindest, was die Finanzkraft der weiteren Angebote angeht, für das nächste und idealerweise das übernächste Jahr versorgt. Umso mehr setzt Yvy gerade ihren Körper ein und hüpft um ihre Restkarriere hinein ins Comeback, was sich auch in den unter dem T-Shirt abzeichnenden Brustwarzen äußert. Diese Mühen sollen nicht unbelohnt bleiben: Yvy und ihr Team gewinnen die Challenge.

Während sie den schmerzenden Sonnenbrand, den sie sich bei der Challenge zugezogen hat, unter Deck eincremt, werden die Teilnehmer erneut an Deck gerufen. Die Entscheidung steht an und die Teilnehmer werden live im Fernsehen gezeigt. Die Fingernägel ins Fleisch drückend wartet Yvy auf ihren Namen, während einer ihrer Mitstreiter nach dem anderen in die nächste Runde komplimentiert wird.

„Yvy oder Dirk? Yvy oder Dirk? Yvy oder Dirk? Einer von euch beiden wird gleich als erster von Bord gehen und unser heutiger ‚Fernsehmüll‘ sein. Einer von euch wird eine Runde weiterkommen und der andere gebrandmarkt sein“, zieht Moderator Torben Schwemer die Entscheidung in die Länge. Wenn es nach ihm ginge, würde er die beiden schnellstmöglich erlösen. Allzu gut kann er sich vorstellen, wie sie sich fühlen müssen. Allerdings gibt ihm die Frau im Ohr eine andere Anweisung – durch sein Hinauszögern soll die hohe Zuschauerzahl und damit die gute Quote in die Länge gezogen werden. Torbens Verhältnis zur Sendung ist ambivalent: ‚Fernsehmüll – Promi über Bord‘ finanziert seinen Lebensunterhalt und rettete seine, ebenfalls ins Stocken geratene, TV-Karriere. Die Traumquoten stellen ihm weitere lukrative Angebote in Aussicht. Gleichzeitig ist ihm bewusst, dass er durch die Sendung jegliche Chance auf ein seriöses Format endgültig verspielt hat und es vermutlich nur eine Frage der Zeit ist, bis er sich selbst als Teilnehmer in einer solchen Show wiederfindet.

„Yvy oder Dirk? ...Yvy, du gehst über Bord und

bist somit unser heutiger Fernsehmüll".

MUTTERLIEBE

„Bald haben wir es geschafft. Zur Belohnung gibt es heiße Schokolade", versucht Janina ihren Sohn zu motivieren. Undankbar tropft der kalte Februarregen auf ihre rot gefärbten Wangen. Mit ihren rauen Arbeiterinnenhänden wischt sie sich die Tropfen aus dem Gesicht. Vor ihr steht Oskars Kinderwagen. Seit ihr vierjähriger Sohn aus ihm herausgewachsen ist, dient er einem neuen Zweck: Wöchentlich ist er ihr Transportmittel, mit dem sie hunderte, in mühevoller Handarbeit gefaltete Prospekte für einen lächerlichen Lohn austrägt. Aber was soll sie machen? Auf diese zusätzlichen Einnahmen ist sie nun einmal angewiesen. Der Frühling klopft bereits an die Tür, Oskar braucht bald wieder neue Schuhe. Erschreckend schnell wächst sein kleiner Körper und bringt ihren Geldbeutel regelmäßig an seine Grenzen. Sie kauft auf Kleiderbörsen ein, aber selbst dafür würde es ohne ihren Nebenverdienst nicht reichen.

„Mama, schau, da ist ein kaputter Regenwurm.

Können wir dem auch heiße Schokolade geben, damit er wieder heile wird?", fragt Oskar und hält ihr einen sich windenden Regenwurm entgegen. Seinem Dackelblick kann sie nicht widerstehen. „Na gut, aber dann kümmerst du dich um ihn", lässt sie sich auf seine Bitte ein. „Du bist die beste Mama auf der Welt", schreit er und umarmt sie strahlend. Auch wenn das Wetter streikt, auf ihren kleinen Sonnenschein ist Verlass. In seinem blauen Regenkittel hüpft er freudig um die Pfütze und den Regenwurm herum, während seine Mutter ihn nachdenklich beobachtet. „Er wird es später leichter haben, und wenn ich dafür noch bis an mein Lebensende schuften muss", denkt sie sich.

Janina ist alleinerziehend. Dieser Begriff gefällt ihr allerdings nicht. Schließlich ist sie nicht allein, sie hat ja ihren Oskar, den sie über alles liebt. Er ist auch der erste Mensch, der ihre Liebe erwiderte. Sie selbst wuchs zunächst in einem Kinderheim auf und wurde später von Pflegefamilie zu Pflegefamilie gereicht. Schon früh im Leben musste sie erfahren, was es bedeutet, für sich selbst zu sorgen. Da war niemand, der ihr die bedingungslose Liebe gab, die sie nun ihrem kleinen Prinzen gibt. Da war auch niemand, der sich richtig für sie ins Zeug legte, um ihr eine unbeschwerte Kindheit zu ermöglichen. Unbeschwert war allemal ihr Magen, wenn sie wieder einmal bei der Essensausgabe im Kinderheim den Kürzeren zog und sich mit den Resten zufriedengeben musste. Noch heute schluckt sie das Essen mehr herunter, als es zu kauen. Relikte einer Kindheit, die bis ins heutige Leben weiterwirken. Eine Kindheit, in der ihr Bücher und allzu viel Bildung verwehrt blieben.

Nach der dritten Pflegefamilie kam sie mit 16 ins

ABGRÜNDE

betreute Wohnen und absolvierte nach dem Hauptschulabschluss eine Ausbildung zur Hauswirtschafterin. Für mehr reichten die Noten und die Aufnahmebereitschaft der Betriebe nicht. Nun steht sie fünf Tage die Woche frühmorgens in der Kantine einer Behörde, schmiert Brötchen, putzt die Kaffeemaschine, assistiert beim Kochen und spült sich anschließend die Hände wund. Sie verträgt das Spülwasser nicht, weshalb ihre Hände aufgescheuert sind und ihr Hautarzt sie regelmäßig dazu auffordert, den Arbeitsplatz zu wechseln. Als wäre das so einfach: Wer stellt schon eine alleinerziehende, unflexible Mutter ohne nennenswerte Qualifikation ein? Auch ihr Arbeitgeber zeigt sich nicht sehr hilfsbereit: Ihr Versuch, dem Spülwasser zu entkommen, indem sie sich die Arbeit mit einer anderen Kollegin neu aufteilte, wurde unter einem Tobsuchtsanfall des Küchenchefs abgeschmettert. Inzwischen hat sie sich mit den juckenden Händen abgefunden. Schmiert sie die Hände vor dem Schlafengehen mit ausreichend Fettcreme ein und nimmt eine Schmerztablette, hat sie beim Einschlafen weniger Probleme. Sie weiß ja, wofür sie das tut: für ihren Oskar.

„Lass dir die Schokolade schmecken. Langsam trinken, sonst verbrennst du dir noch die Zunge", weist Janina ihren kleinen Prinzen an. Mehr als vier Stunden gingen die beiden mit den Werbeprospekten von Haus zu Haus und von Block zu Block. Sofort nach der Ankunft Zuhause badete sie erschöpft ihren ausgekühlten Sohn. Ohne jedoch anschließend das Badewasser abzulassen. Später, wenn er schlafend im Bett liegt, möchte sie sich in diesem selbst waschen. Jeden Cent dreht sie mehr als einmal um. Doch von Schlafengehen ist bei Oskar aktuell noch keine Rede. Zunächst muss der Regenwurm versorgt werden. In einer Plastikbox hat dieser inzwischen sein neues Zuhause gefunden. Zusammen mit einem Stück Holz, ein bisschen Dreck aus dem Vorhof, einem angefeuchteten Zuckerwürfel und einem Salatblatt scheint er ein ansehnliches Dach über dem Kopf erwischt zu haben.

Oskar ist ein aufgewecktes und verträumtes Kind. Mit Tieren und Erwachsenen wird er schnell warm; Kinder in seinem Alter meidet er. Im Kindergarten, den er seit einem Jahr besucht, fühlt er sich wohl. In die Gruppe findet er sich allerdings immer noch schwer ein. Mit anderen Kindern zu teilen kommt für ihn nicht in Frage. Diese haben keine Lust, mit ihm zu spielen, was auch daran liegt, dass er immer der Beste sein will. Er gehört zu diesen Kindern, die nie zu einem Kindergeburtstag außerhalb des Kindergartens eingeladen werden. Selbst hat er auch noch keinen gefeiert. Außer seinen Erzieherinnen hätte er vermutlich auch niemanden einladen wollen.

Von all dem weiß Janina nichts. Sie sieht die Erzieherinnen zwar ab und zu – für ein richtiges Gespräch reicht es allerdings nie. Meist verabschiedet sie sich morgens gehetzt vor dem Kindergarten von ihrem Sohn und düst auf ihrem viel zu lauten Mofa davon, um noch einigermaßen pünktlich zur Arbeit zu kommen. Das Abholen übernimmt dankenswerterweise Arnold. Er ist ihr Nachbar und wird fälschlicherweise für Oskars Vater gehalten. Dabei mögen sich die beiden nicht einmal besonders. Arnold bringt Oskar nur in die Zweizimmerwohnung, die der Kleine mit seiner Mutter bewohnt. Spielend wartet Oskar die zwei Stunden, bis seine Mutter nach Hause kommt, alleine. Zum Glück funktioniert das, anders wüsste Janina ihren Job nicht mit den Öffnungszeiten des Kindergartens zu vereinbaren.

„Und wenn sie nicht gestorben sind, dann lachen sie noch heute", beendet Janina die Gute-Nacht-Geschichte mehr zu sich, als zu ihrem Sohn, der vor wenigen Minuten bereits eingeschlafen ist. Gedankenverloren blickt sie ihn an. „Was er gerade wohl träumt?", fragt sie sich. In seinem Gesicht entdeckt sie die mit seinem Wachstum immer stärker abzeichnenden Konturen, die sich nicht in ihrem Gesicht finden. Ein Schweigen kann den Angeschwiegenen vor der schmerzhaften Wahrheit schützen, es schützt im Umkehrschluss jedoch nicht automatisch den Schweigenden. Den nun aufkommenden und unerträglichen Gedanken versucht sie beiseite zu schieben, was ihr allerdings nicht gelingt. „Was, wenn er später so aussieht wie er?", schwirrt es ihr durch den Kopf.

Mit „er" ist Oskars Vater gemeint, über den sie eisern schweigt. Dabei ist er gar nicht so fern, wie es scheint. Es geschah auf der Weihnachtsfeier. Eigentlich wollte sie es nicht. An den Akt im engeren Sinne kann sie sich nicht erinnern. Beikoch Paul zog gerade den Reißverschluss seiner Hose zu, als sie um fünf Uhr morgens benebelt auf der Anrichte erwachte. Der verheiratete Familienvater hielt ihr schweißgebadet ein Küchenmesser an den Hals und forderte sie auf, ihm zu versprechen, ihr Geheimnis, wie er es nannte, für sich zu behalten. Als sie einige Monate später den 3.500 Gramm schweren Oskar nach einer überraschend leichten Geburt in den Händen hielt, schöpfte er keinen Verdacht. Bis heute sprachen sie kein weiteres Mal über diese Nacht. Geht es nach Janina, kann es gerne auch so bleiben. Der nach Schweiß stinkende und für seine ausländerfeindlichen Sprüche bekannte Paul hat nun wirklich nichts mit ihrem kleinen Prinzen gemein – bis auf die immer deutlich werdenden Gesichtszüge.

Eine Badewanne ist ein gern gesehener Ort, um sich aufzuwärmen. Sie wird meist verlassen, wenn sich die Temperatur von lauwarm in kalt wandelt. Bei Janina ist dies anders. Bibbernd steigt sie in die abgekühlte Badewanne. Das kalte Wasser berührt zunächst ihre abgetretenen Plattfüße, dann ihre gesamte untere Körperhälfte inklusive ihrer rauen Arbeiterinnenhände. „Gleich habe ich mich daran gewöhnt. Das ist alles nur eine Frage der Vorstellungskraft", muntert sie sich hoffnungsvoll auf und taucht einmal komplett unter.

Eine noch viel größere Hoffnung ist ihr Oskar. Der kleine Prinz ist ihr eigengemachtes Versprechen auf ein besseres Leben. Nicht umsonst ist er nach dem bekanntesten Filmpreis benannt. Aus ihm wird einmal ein ganz Großer werden, da ist sie sich sicher. Vielleicht ein Wissenschaftler, ein Politiker oder doch ein Unternehmer? Bis dahin wird sie ihm so viel Liebe geben, wie er benötigt, und wenn sie bis zum Umfallen arbeiten muss, um ihm alles zu ermöglichen. Mutterliebe ist, wenn vorhanden, eine bedingungslose, unbegreifliche und unzerstörbare Energie. Eine Energie, die im Idealfall Mutter und Kind ein Leben lang zusammenhält. Eines Tages wird er ihren aufopferungsvollen Einsatz begreifen und sich um seine dann alte Mutter kümmern, ist sie sich sicher, während sie – inzwischen an die Temperatur des Badewassers gewöhnt – weiter vor sich hin grübelt.

„Bald haben wir es geschafft. Zur Belohnung gibt es einen fetten Bonus", versucht Oskar seine Mitarbeiter zu motivieren. Das ist die Sprache, die er spricht und die sie zu verstehen haben. Übermorgen müssen sie dem Bauamt das Konzept für eine neue Reihenhaussiedlung vorlegen, um die Baugenehmigung zu erhalten. Aus dem kleinen Jungen ist ein erfolgreicher Unternehmer geworden. Nach einem abgebrochenen BWL-Studium machte er sich zunächst mit einer Coachingfirma selbstständig und kaufte von den Gewinnen Immobilien. Inzwischen lässt er reihenweise Häuser mit einigen Mietwohnung bauen. Deren Mieteinahmen ermöglichen ihm ein fürstliches Leben. Mit seiner On-Off-Freundin Chiara bewohnt er eine 130qm Wohnung im 12. Stock eines Neubaus mit der wohlhabenden Bevölkerung als Nachbarschaft.

Am anderen Ende der Stadt, im größten Problemviertel, wohnt immer noch seine in die Jahre gekommene Mutter. Gemeinsam mit Schimmelpilzen in einer Einzimmerwohnung. Keine seiner zahlreichen Mietwohnungen ist er bereit, ihr zu überlassen. Über und mit Janina spricht er seit Jahren nicht mehr. Zu groß sind Scham und Frust über seine Kindheit in Armut. Nie hat es für mehr als das Nötigste gereicht. Jahrelang musste er sich für seine flaschensammelnde und ärmlich gekleidete Mutter rechtfertigen und die erbarmungslosen Hänseleien seiner Klassenkammeraden über sich ergehen lassen. Nicht einmal bei den Hausaufgaben konnte sie ihm helfen. Alles musste er sich selbst beibringen. Und wer sein Vater ist, weiß er bis heute nicht. Unverantwortlich findet er es, ein Kind in die Welt zu setzen, ohne ausreichend dafür vorgesorgt zu haben. Hätte sie doch bei ihrem One-Night-Stand einfach verhütet, aber vermutlich reichte das Geld für ein Kondom nicht; von der Pille ganz zu schweigen. Nein, seine Mutter soll selbst schauen, wie sie klarkommt. Schließlich musste er das auch. Und wenn man will, kann man alles schaffen. Man muss es nur wirklich wollen und sich nicht aufgeben; anders als seine Mutter mit ihrem verpfuschten Leben.

„Charlotte, schau, das ist mein Sohn." Stolz hält Janina ihrer Nachbarin die aktuelle Ausgabe des kostenlosen Wochenblatts, das sie eben aus dem Briefkasten zog, entgegen. „Preisverdächtig: Oskar Hagedorn, der Mann mit den teuren Wohnungen" lautet die Schlagzeile des großen Artikels auf Seite zwei. Unter der Schlagzeile ist ein großes Bild von Oskar, staatsmännisch auf dem Dach einer Baustelle in die Ferne blickend, zu sehen. Janina ist unglaublich stolz auf ihren Wohnungsprinzen und was er aus seinem Leben gemacht hat. Zustimmend nickt Charlotte ihrer Nachbarin zu und glaubt ihr kein Wort. „Jetzt dreht sie vollkommen durch. Als ob das deren Sohn ist. Dann würde sie nicht mit uns in dieser Baracke leben. Oder aber, sie hat vollkommen versagt und ihren Sohn zu einem undankbaren Snob-Arschloch verzogen", denkt sie sich.

Janina geht mit Oskar hingegen nicht so streng ins Gericht. Sie findet es zwar schade, dass er sich nicht bei ihr meldet und nicht auf ihre Kontaktversuche reagiert, aber kann ihn zugleich verstehen. Schließlich ist er ein vielbeschäftigter Mann, der nun eine bessere Gesellschaft gewohnt ist. Was soll sie ihm auch erzählen, dem Mann von Welt? Zufrieden blickt sie auf ihr Leben zurück, schließlich ist ihr wenigstens diese eine Sache gut gelungen.

DIE WACHSAMEN AUGEN
DES HERRN ABEND

Sommer 2019

Wie das enden wird, kann er sich schon denken. Der alte Herr Abend liegt zu früher Stunde auf dem Küchenboden. Blutverschmiert, mit einer Platzwunde an der Stirn und einem schmerzenden Steißbein. „Verdammt", flucht er sich selbst an. Der Fluch gilt seiner Tollpatschigkeit: Auf dem Weg in die Küche stolperte er über einen bis zum oberen Rand gefüllten Putzeimer. Beim Versuch, ihn aufzuheben, rutschte er durch die den alten Holzboden bedeckende Wasserpfütze aus und verlor den Halt unter den Füßen. Dabei ist der auffällig rote Putzeimer kaum zu übersehen. Häufig ist er ihm schon hilfreich gewesen – am wenigsten jedoch zum Putzen. Eher als Ersatz für einen nicht vorhandenen Hocker, um besser durch den Haustürspion linsen zu können, oder auch um lästige Nachbarn vor dem Haus zu verscheuchen. Luis Käfer alias „der Mistkäfer" bekam dies erst vor einigen Wochen zu spüren. Eigentlich hätte er es besser wissen müssen.

„Du hast so schönes Haar", lässig lehnt Luis an Hauswand des Mehrfamilienhauses im Douglasienweg 5 und macht einem verliebt dreinblickenden Mädchen mit gerötetem Gesicht schöne Augen. Mit seiner rechten Hand streichelt er ihr über den Arm und fährt sich anschließend durch sein zurückgegeltes, pechschwarzes Haar. Mit dieser Geste kommen seine vom Rudern muskulösen Arme besonders gut zur Geltung. Mit einem verschmitzten Lächeln im Gesicht spricht er ihrer beiden Namen aus. „Luis und Emanuela, das passt doch ganz gut", stellt er fest und beugt sich nach vorne, um sie zu küssen. Ihr erster Kuss, wie ihre unsichere Erwiderung, in der sich Unkenntnis und der Wunsch es richtig zu machen spiegeln, vermuten lässt. Ihre Gesichtsfarbe ist nun vollends rot. „Zeit für eine Abkühlung", denkt sich Herr Abend und greift nach seinem geliebten Putzeimer, der ihn in solch einer Situation noch nie im Stich gelassen hat. Stets mindestens halbgefüllt steht er am Küchenfenster, wenn er nicht gerade als Hocker am Türspion gebraucht wird. Griffbereit, wenn mal wieder jemand verscheucht werden muss. „Denen zeig ich es", flüstert er vor ich hin. Von einem Aufschrei begleitet springen beide in verschiedene Richtungen und suchen im nächsten Moment nach der Quelle. Sie erhaschen einen kurzen Blick auf zwei in die Jahre gekommene Hände, die einen auffällig roten Putzeimer halten und nun im geöffneten Fenster verschwinden. „Was für ein frustrierter alter Mann", flucht Luis. Er erzählt Emanuela, dass dies nicht das erste Mal gewesen sei. Letzte Woche erst, da sei er sich ganz sicher, habe ihn Herr Abend mit Mais beschossen. „Das muss man sich mal vorstellen! Mit

Mais! Ich stand genau hier mit Viktoria und dann schießt er ...", sprudelt es aus ihm heraus, bis er sich seiner Worte bewusst wird. „Moment, wer ist Viktoria?", fragt Emanuela erstaunt. Als er sie verlegen anblickt, schlägt ihre Liebesröte in Zornesröte um, was ihrem Gesicht einen leicht violetten Schimmer verpasst. Der sonst so wortgewandte Luis bleibt ihr einer Erklärung schuldig, weshalb sie ihn samt seiner muskulösen Ruderarme stehen lässt. Zurück bleibt ein großes, aber nun unbefriedigend angefeuchtetes Ego.

Beobachtet wird die Szene vom 11-jährigen Nico Link, der bis eben mit seiner Hündin Kathrin auf der gegenüberliegenden Wiese spielte. Auch er wurde schon unzählige Male Opfer von Herrn Abend. Spielte er im Hof zu laut Fußball, kam über eine Steinschleuder abgefeuerter Mais angeflogen. Wirkte dies nicht, wurde der Mais auch gerne mal durch Kieselsteine ersetzt. Hörte Nico dann immer noch nicht auf, griff Herr Abend als Ultima Ratio zum Besen und kam aus dem Haus „gerannt" – sofern das, was er mit seinen Beinen veranstaltete, als Rennen bezeichnet werden kann. Den flinken kleinen Jungen hätte er damit jedenfalls nicht einholen können. Dennoch wirkte dieser Einschüchterungsversuch und bescherte ihm die nächsten Tage Ruhe auf dem Hof.

Wenige Tage nach der Szene zwischen Herrn Abend und dem Frauenheld Luis, wird der kleine Nico erneut ruhig, unheimlich ruhig. Nicht, weil ihn Herr Abend mal wieder eingeschüchtert hat, seine langjährige und gleichaltrige Begleiterin Kathrin hatte Nico für immer verlassen. Beim Herumtollen versagte ihr unerwartet das Herz. Zurück lässt sie einen einsamen Jungen, dessen alleinerziehender Vater ihm als vielbeschäftigter Hausmeister kaum Trost schenken kann. Die Stille und Leere des kleinen Jungen legt sich auch über den Hof, auf dem schon länger kein Fußball zu hören ist. Dies bleibt dem stets aufmerksamen Herrn Abend auch nicht verborgen. Über seinen Spion beobachtet er den immer tiefer in sich gekehrten Jungen. Anfangs freut er sich über die neu gewonnene Ruhe, doch mit der Zeit kann er die Trauer des Jungen nicht mehr ertragen, weshalb er einen Entschluss fasst.

„Wann kommt der endlich nach Hause?", fragt Herr Abend sich ungeduldig. Kurz darauf folgt die Antwort, als Nico mit hochgezogenen Schultern die Treppen hinauf schlürft. Sein Plan sieht nicht anders aus, als die letzten Tage: Er möchte sich gleich wieder ins Bett legen. Als er gerade die Wohnungstür aufschließt, entdeckt er auf der Fußmatte einen unauffälligen Flyer: „Hundesitter gesucht! Bist du tierlieb, hast ein offenes Herz und etwas Zeit? Dann bist du bei uns genau richtig!". Skeptisch betrachtet er den Flyer, wirft ihn auf die Treppen und ruft „Scheiß Köter!" hinterher. Von seinen eigenen Worten erschrocken, schlägt er sich selbst mit der flachen Hand auf die Backe. „Wie kann ich nur? Kathrin war meine beste Freundin", sagt er sich. Wachgerüttelt und entschlossen wirft er seinen Schulranzen in die Wohnung, zieht am Türknauf und rennt lautstark die Treppe herunter. Entschieden greift er nach dem Flyer, der in den Hauseingang geflogen ist. Zurück bleibt ein alter Mann mit gemischten Gefühlen. Den Flyer hatte er eigens im Tierheim besorgt. Eine freudige Träne läuft ihm die Wange herunter.

Es sind nun keine Tränen, die dem alten Herrn Abend über die Wange laufen. Es ist der Angstschweiß, der seinen ganzen Körper einnimmt und sich unter das aus der Platzwunde strömende Blut mischt. Mehrere Anläufe, sich selbst aufzurichten, sind bereits gescheitert. Auch auf seine Hilferufe erfolgte bislang keine Reaktion. Langsam ergreift ihn die Gewissheit, dass ihn vermutlich niemand finden wird und dies seine letzten Stunden sein könnten. Er macht etwas, dass er lange Jahre tunlichst vermieden hat – er beginnt über sein Leben nachzudenken. Aufgeweckt sind häufig die Unwissenden, wach hingegen jene, die den Abgründen entgegen geschaut haben. Und wach ist Herr Abend schon mehrere Jahre. „Warum?", fragt er sich. Es ist kein gewöhnliches „Warum". Es ist ein „Warum", das ihn seit einigen Jahren begleitet. Die Gedanken an seine Vergangenheit verletzen ihn. So sehr, dass nun der körperliche Schmerz durch den wieder hervorgerufenen seelischen verdrängt wird. Unter das schweißgetränkte Blut mischen sich nun durch die Gedanken an seine Sabine heraufbeschworene salzige Tränen. Neben der Trauer packt ihn die Wut, als er an ihr tragisches Ende denkt – besiegelt auf einem Rastplatz.

August 2003

„Die nächste Ausfahrt muss ich ausfahren, wenn ich mir nicht die Hose einsauen möchte", vergegenwärtigt sich Herr Abend, damals noch Versicherungsvertreter von Beruf und dadurch viel auf Reisen. Es ist ein warmer Sommerabend in der Eifel. Nachdem er endlich ein stilles Örtchen gefunden und seine Notdurft verrichtet hat, beobachtet er, wie ein Mitte Vierzigjähriger mit einem ungefähr 10-jährigen Jungen aus dem Auto in einen wartenden Lieferwagen steigt. „Ist vermutlich sein Vater", denkt er sich. Dennoch kommt ihm die Szene ungewöhnlich vor, weshalb er unauffällig an dem Lieferwagen vorbeispazieren möchte. Aus dem Inneren vernimmt er mindestens zwei unterschiedliche Männerstimmen, die auf den Jungen einreden. Was genau, kann er nicht verstehen. Ohne weiter nachzudenken, ruft Herr Abend die Polizei herbei, die weitere zehn Minuten später erscheint. Auf ihr aufforderndes Klopfen folgt keine Reaktion aus dem Lieferwagen. „Sind Sie sicher, dass da jemand drin ist?" fragt ihn einer der Polizisten ungeduldig. „Aber ja doch!", erwidert Herr Abend angegriffen. Der Polizist scheint ihm nicht zu glauben. Als jedoch ein dumpfes Geräusch aus dem Inneren des Lieferwagens nach außen dringt, schlägt der eben noch zögerliche Polizist mit der Begründung „Gefahr in Verzug" das Fenster zur Fahrertür ein. Ihnen bietet sich ein Bild des Grauens: Zwei entkleidete Herren samt einem ebenfalls entkleideten Jungen.

Einer dieser Herren ist Marco Fischer. Der freiwillige Feuerwehrmann kümmerte sich bis zum Ereignis auf dem Rastplatz intensiv um den Nachwuchs in seinem nordrhein-westfälischen Dorf. In kürzester Zeit gelang es ihm, zwölf Kinder und Jugendliche für die Truppe zu gewinnen. Besonders den Kindern aus sozialschwächeren Familien war er sehr zugetan und förderte sie zum Wohlwollen der Eltern mit Ausflügen, kostenloser Nachhilfe und kleineren Geschenken. Einer von ihnen ist Marcel, dessen Eltern schon seit Jahren von

Sozialhilfe leben und dem Achtjährigen samt seiner sechs Geschwister kaum Aufmerksamkeit schenken. Die fehlende Aufmerksamkeit glich Marco aus. Mit Kinobesuchen und angesagten Kleidungsstücken belohnte er den kleinen Jungen für dessen „Freundschaft". Dass diese Freundschaft an Bedingungen geknüpft ist, musste Marcel einige Wochen später feststellen, als sich Marco an ihm verging und anschließend damit drohte, ihm alles Geschenkte wieder wegzunehmen, sollte er jemandem davon erzählen. Auch drohte er, Marcels Eltern etwas anzutun. Sowieso sei es sinnlos, etwas zu petzen. Wer wolle schon ihm und seinen asozialen Eltern glauben? Der kleine Marcel gehorchte und wurde mit der Zeit nicht nur Opfer des Feuerwehrmannes, sondern auch seiner Freunde, die aus den verschiedensten Regionen des Landes angefahren kamen, um sich gegen Geld an dem kleinen Jungen zu vergehen. Da es Marco mit der Zeit in seinen eigenen vier Wänden zu gefährlich wurde, verabredete er sich auf einsamen Rastplätzen. Bis zu jenem Abend, als die wachsamen Augen des Herrn Abend ihn aufspürten.

Marco Fischer und sein Kumpane wurden festgenommen und Marcel in die Obhut des Jugendamtes gegeben. Die Durchsuchung der Wohnung des Feuerwehrmannes ergab, dass er Teil eines bundesweit vernetzten Pädophilenrings war, der sich an über dreißig Kindern vergangen hatte. Ihre Taten filmten sie stolz und verbreiteten die Zeugnisse des Grauens untereinander, weshalb die Beweislast eindeutig war. Marco Fischer wurde zu mehreren Jahren Haft verurteilt. Aufgrund des Ausmaßes der Tat wurde europaweit darüber berichtet, was einige Aktivisten dazu brachte, vor seiner Haftanstalt für die Todesstrafe von Kinderschändern zu demonstrieren. So blieb auch seinen Mitinsassen nicht verborgen, weshalb Marco einsaß. Im Laufe seiner Haft verlor er vier Zähne, seinen rechten kleinen Finger und brach sich drei Mal die Rippen.

Frühjahr bis Herbst 2015

Nachdem er seine Strafe abgesessen hatte und freikam, führte er nur eins im Schilde: Den wartenden Mann, der an jenem schicksalhaften Tag die Polizei rief, ausfindig zu machen und Rache an ihm zu nehmen. Nicht umsonst hatte er all die Jahre im Gefängnis samt der nervigen Therapiestunden ausgehalten. Was anfangs ein zum Scheitern verurteiltes Vorhaben zu sein schien, gelang ihm schließlich Monate später. Im Sommer 2015 entdeckte er Herrn Abend mit seiner Frau grillend in ihrem Garten, nicht unweit von Herrn Abends heutiger Mietwohnung entfernt. Wutgeladen blickte er auf das Ehepaar, das liebevoll miteinander umging und ihren Lebensabend genoss. Zuerst plante er einen qualvollen Tod für Herrn Abend. Je häufiger er das Ehepaar beobachtete, desto klarer wurde sein Entschluss, dass er noch viel besser Rache nehmen konnte, in dem er sich dessen Frau widmete. Nachdem er über mehrere Wochen ihren Tagesrhythmus studiert hatte, wusste er, dass Herr Abend jeden Mittwochabend für mehrere Stunden das Haus verließ, um sich im Schachcafé mit Gleichgesinnten zu treffen. Sabine blieb meist alleine zurück. So auch am Mittwoch des 21. Oktober 2015. Es war ihm ein Leichtes, die ältere Dame zu überwältigen und zu fesseln. Sie dachte, er sei ein Einbrecher, weshalb sie ihm immer wieder zurief, wo er was finden könne. Marco Fischer führte jedoch anderes im Schilde: Zunächst mit Kerzen und später mit einem Kerzenständer verging er sich an Sabine, die vor Schmerzen schrie, was ihn nur noch mehr motivierte, weiter zu machen. Nicht, weil es ihn sexuell erregte, sondern weil er sich zum ersten Mal seit Jahren wieder mächtig fühlte. Nun war er es, der entschied und dem man sich zu fügen hatte. Mit einem Küchenmesser fügte er ihr mehrere Schnittwunden zu und ließ sie ausblutend einen qualvollen Tod sterben. Seine Tat filmte er und schloss seine Videokamera an das Fernsehgerät des Ehepaars an. Als Herr Abend nichts ahnend nach Hause kam, wurde auch er von Marco Fischer niedergeschlagen und vor dem Fernseher gefesselt. Unter Folter zwang er ihn, sich die Videoaufnahmen anzuschauen. Nachdem das Video abgespielt war, ließ er Herr Abend in seinem Haus zurück, nicht ohne sich noch mit einem Tritt und den Worten „Du warst ja schon immer ein guter Beobachter" zu verabschieden. Sein Versuch, das Haus samt der Leiche von Sabine und Herrn Abend zu verbrennen ging nicht ganz auf. Zwar brannte das Haus nieder, jedoch konnte Herr Abend durch eine couragierte Nachbarin rechtzeitig aus den Flammen gerettet werden. Nach einem siebenwöchigen Klinikaufenthalt verkaufte Herr Abend das mit Asche bedeckte Grundstück und zog in seine heutige Mietwohnung. Bilder von Sabine kann er sich nicht mehr anschauen. Auch besuchte er ihr Grab bis heute nicht. Immer wieder fragte er sich, warum nicht er an ihrer Stelle ermordet wurde. Die Bilder der schrecklichen Tat holen ihn im Schlaf immer wieder ein. Mehrere Aufforderungen, einen Psychologen aufzusuchen, lehnte er entschieden ab. Auch kappte er den Kontakt zu seiner Familie, da sie ihn zu sehr an sein Leben mit Sabine erinnerte. Und so wurde aus dem weltoffenen, herzlichen

Herrn bald schon ein verbitterter alter Mann mit gebrochenem Herzen.

31. Juli 2019

Sein Herz ist es auch, das er seit seinem Sturz gestern Abend deutlich spüren kann. Anfangs raste es wie wild, wohingegen es seit wenigen Stunden immer ruhiger wird. Mit jedem langsamer werdenden Herzschlag, wächst ein Gedanke in ihm: „Bald schon kann ich sie sehen, meine Sabine, und mich bei ihr entschuldigen. Hoffentlich geht es ihr gut, dort, wo sie schon all die Jahre auf mich wartet". Erleichtert schließt er seine Augen, da er nun von dem hellen Licht, das ihm entgegenleuchtet, geblendet wird.

Spätsommer 2019

„Um Himmelswillen, wie stinkt es hier denn?", fragt sich Annemarie Link, als sie ihren Sohn und ihren Enkel Nico besucht. Sie ist es auch, die ihren Sohn, den Hausmeister, dazu bringt, die Tür zu öffnen, nachdem sie erfahren hat, dass in der stinkenden Wohnung ein älterer Herr ihres Alters wohne. Trotz der inzwischen getrockneten Blutflecken im Gesicht, sieht der auf dem Küchenboden liegende Herr Abend selig aus; gar als hätte er dem Moment seines Ablebens freudig entgegengeblickt.

EIN WINDSTOSS ZU VIEL

„Und lächeln", gibt Karen als Anweisung an ihre kleine Familie, die aneinandergereiht vor ihrem Selfie-Arm steht. Breit grinsend schauen Karen und ihre kleine Mathilda in die Polaroidkamera, während Roland mit seinem genervten Blick das Bild zerstört, wie Karen findet. „Warum schaust du schon wieder so?", erkundigt sie sich nun ebenfalls genervt. „Das kannst du dir doch denken. Wir sind hier zu dritt unterwegs, um einen schönen Mittag zu haben. Das ist ein Ausflug für Mathilda. Warum müssen wir alles fotografieren? Können wir nicht einmal den Tag ohne irgendwelche gekünstelten Bilder genießen?", erklärt er sich. Sichtlich getroffen verschränkt Karen die Arme, holt tief Luft, um sich in versöhnlichem Ton zu erklären: „Schatz, damit möchte ich dich doch nicht plagen. Mathilda wächst nur so schnell. Diese Phase möchte ich festhalten und selbstverständlich auch mit meiner Mutter teilen. Du weißt doch, wie sehr sie an der Kleinen hängt und wie sie sich immer über neue Bilder freut". Roland gibt sich geschlagen und bietet nun von sich aus an, ein neues

Polaroidfoto zu schießen. Einen Klick später halten die beiden ein graues, sich immer weiter lichtendes Bild einer harmonischen, glücklich lächelnden Familie in den Händen.

Harmonisch ist Stunden später auch die Stimmung am Essentisch der jungen Familie, um den sich eine gesellige Runde versammelt hat. Karen und Roland haben seit langem mal wieder ein befreundetes Paar in ihr Fertighaus zum Kochen eingeladen. Seitdem die kleine Mathilda, ein langersehntes Wunschkind, auf der Welt ist, sind diese Runden rar geworden. Umso schöner ist es, heute Fabio und Ines am Tisch zu haben. Zusammen sitzen sie im angebauten, schlauchförmigen Wintergarten, der zu beiden Außenseiten mit Zugängen zum Garten ausgestattet ist und den so den Hauch einer ungewollten Transparenz umgibt. Fabio ist ein alter Studienfreund von Karen, auf den sie selbst mal ein Auge geworfen hatte. Wie er, der frühere Draufgänger, sich den ganzen Abend schon um die kleine Mathilda kümmert, schadet seiner im Laufe der Jahre weiter gestiegenen Attraktivität keineswegs – ganz im Gegenteil.

„Karen, diese Guacamole schmeckt unfassbar gut", lobt Fabio sie, während er auf seinen mit Ofenkartoffeln vollbeladenen Teller blickt. Ein simples, wie auch leckeres Gericht, dass die beiden schon zu Studentenzeiten regelmäßig kochten. Karen lächelt. Während ihr Herz in seiner Anwesenheit früher zu rasen begann, kann sie sich inzwischen entspannt mit ihm unterhalten. Bevor es allerdings gerade zu einem tieferen Gespräch mit Fabio kommt, krabbelt unter dem Tisch schon einer der Gründe auf ihn zu, weshalb aus ihm und

Karen nie mehr als eine Freundschaft wurde – während sie, seit sie denken kann, von Kindern träumt, sah er sich nie in der Rolle eines Vaters, was er gegenüber jedem, der es hören wollte, offen kundtat. Ganz anders als ihr Roland, mit dem sie gerade wegen des gemeinsamen Kinderwunsches von Anfang an auf einer Wellenlänge lag. Ein Traum, der mit Mathilda in Erfüllung ging.

Das war eindeutig zu viel Aufmerksamkeit für ihre Mutter und zu wenig für sie, findet Mathilda, weshalb sie nun an Fabios Hose ziehend andeutet, auf seinen Schoß zu wollen. Einer Bitte, der er gerne nachkommt. Die bald Dreijährige ist aufgeweckt, aber im Vergleich zu gleichaltrigen Kindern vom Gemüt her sehr aufgeräumt. Kinder in ihrem Alter kennt sie keine, was daran liegt, dass Karen es bislang noch nicht über sich bringen konnte, sie in einer Kinderkrippe anzumelden. Viel zu gerne verbringt sie selbst Zeit mit ihrer kleinen Tochter und beobachtet stolz jede Entwicklung. Umso wichtiger ist es ihr, ihrer Prinzessin eine schöne Kindheit zu ermöglichen. Mathilda ist ein lebensfrohes Kind, das keine Gelegenheit auslässt, mit ihrem Lachen das Herz Erwachsener schmelzen zu bringen und gerne mal deren Beschützerinstinkte weckt. Nicht selten bekommen Karen und Roland zu hören, wie schön ihre Tochter sei, die es als Kindermodel weit bringen könne. Mit dem Sprechen lässt sie sich bislang allerdings Zeit, was vermutlich daran liegt, dass ihre Mutter ihren Willen häufig schon vor ihr kennt. Dementsprechend handelt sie, bevor Mathilda sich bemerkbar macht.

„Habt ihr Lust auf eine Überraschung?", fragt Karen in die Runde. Der Hauptgang liegt schon einen guten Moment zurück. Die letzte Dreiviertelstunde wurden intensiv die aktuellen politischen Themen abgearbeitet, weshalb nun der perfekte Zeitpunkt für das Dessert gekommen ist. Während sich Roland schon vor wenigen Minuten – angeblich für ein kurzes Telefonat, in Wahrheit aber für einen Toilettengang – entschuldigte, lässt Karen nun Ines und Fabio mit der kleinen Mathilda im Wintergarten zurück, um in die etwas entlegenere Küche zu verschwinden. Das verliebte Paar beobachtet fasziniert die auf dem Boden spielende Mathilda. Fabio spürt nun Ines musternden Blick auf sich ruhen. Seit geraumer Zeit wünscht sie sich ein Kind. Auch er kann sich – entgegen seiner früheren, vehementen Ablehnung – ein Kind mit ihr vorstellen. Er liebt Ines, aber muss das jetzt schon sein? Er fühlt sich noch nicht vorbereitet. Auch hat er erhebliche finanzielle Bedenken. Einen solchen Schritt sollte man nicht unüberlegt gehen, denkt er sich. Ein Windstoß öffnet die angelehnte Fenstertür zur rechten, was ihn von Ines musternden Blick befreit. Die zum Garten geöffnete Tür bleibt Mathilda nicht unbemerkt. Vom Erkundungsdrang erfasst, nutzt sie die einmalige Chance, um in die vermeintliche Freiheit zu verschwinden. Sowohl Ines, als auch Fabio machen Anstalten der kleinen Ausbrecherin zu folgen. Just in dem Moment, als sie sich erheben, stößt ein zweiter Windstoß die linke, gegenüberliegende Fenstertür zum Garten auf und lässt dabei einige Blumentöpfe zu Boden fallen. Etwas unkoordiniert und mit der Annahme, dass der jeweils andere sich um Mathilda kümmern würde, stürmen beide auf den Scherbenhaufen zu.

Es gibt Momente im Leben, die von kurzer Dauer, aber von anhaltender Wirkung sind. Einen solchen erleben in diesem Augenblick die Protagonisten dieser Erzählung. Als wenige Minuten später die ersten Scherben beiseite geräumt sind, stürmt Fabio aus der rechten Fenstertür in den Garten, um Mathilda einzusammeln. Was er allerdings vorfindet, ist zutiefst beunruhigend – nichts. Ihren Namen rufend durchforstet er den kleinen Garten, greift in die Büsche und betritt über das offenstehende Gartentor die Spielstraße – immer noch nichts. Inzwischen ist Karen mit einer Schüssel selbstgemachtem Tiramisu in den Händen haltend aus der Küche zurückgekehrt. Sie findet einen leeren Wintergarten vor, dessen beide Gartentüren offenstehen. Zunächst erblickt sie die Scherben der Blumentöpfe, entscheidet sich dann aber instinktiv, die rechte, Richtung Straße führende Tür zu nehmen und steht kurze Zeit später vor ihren verzweifelt blickenden Freunden. „Was ist los?", fragt sie ratlos und streichelt Ines freundschaftlich über den linken Arm. „Mathilda ist weg", antwortet Fabio knapp. „Wie bitte?! Solche Scherze könnt ihr euch sparen", entgegnet sie entrüstet. Als keiner der beiden zu lachen beginnt, realisiert sie, dass sie mitten im Albtraum ihres Lebens steht.

In den wenigsten Fällen ist einem bewusst, auf welche Nachbarschaft man sich einlässt, wenn man einen neuen Ort bezieht. Der erste Eindruck – positiv, wie negativ – kann sich nach Jahren bestätigen, oder auch als völlig falsch herausstellen. Mit ihrer Nachbarschaft haben sich Karen und Roland bislang kaum auseinandergesetzt. Bis auf ein freundliches „Guten Tag" gab es für sie bislang kaum einen größeren Austausch. Die etwas spießig daherkommende Reihenhaussiedlung wirkt auf den ersten, aber auch auf den zweiten Blick sehr dröge –

ist sie vermutlich auch. Es gibt allerdings Ereignisse, die lassen selbst den Lahmsten der Lahmen zum Getriebenen werden. Das Verschwinden eines Kindes ist ein solches Ereignis. Wie ein Lauffeuer verbreitete sich die Nachricht vom Verschwinden des Kleinkindes in der sonst so ruhigen Nachbarschaft – allen voran dadurch, dass Karen, Fabio, Ines und der inzwischen von der Toilette zurückgekehrte Roland einzeln die umliegenden Häuser abklapperten. In kürzester Zeit bildete sich ein Suchtrupp.

Voran eilt eine entschlossene Karen, die bislang keinen Gedanken daran verschwendete, dass Mathildas Verschwinden von Dauer sein könnte. „Wo soll sie schon sein? Die wird sich verirrt haben. Soweit wird sie schon nicht gekommen sein", denkt sie sich. Ihr eilt ein verzweifelter Fabio hinterher. Geplagt von ersten Schuldgefühlen, stellt er seine gesamte Familienplanung in Frage: Wenn es ihm schon nicht gelingt, ein Kind im Haus zu halten, wie soll er dann ein guter Vater sein? Er ist sich sicher, dieser Verantwortung keinesfalls gewachsen und eines Vaters nicht würdig zu sein. Sollte Ines noch einmal auf dieses Thema zu sprechen kommen, werde er ihr klarmachen, dass sie sich mit einem kinderlosen Leben abfinden, oder eben einen anderen Mann suchen müsse. Dies hier ist allein seine Schuld, denkt er sich. Schwer atmend laufen dem sonst so Gefestigten Tränen über die Wangen.

Als eine knappe Stunde später immer noch keine Spur von Mathilda gefunden ist, beginnt auch Karen langsam ihren Mut zu verlieren. Es ergreifen sie die ersten Gedanken, was wäre, sollte Mathilda für immer verschwunden sein. „Sie ist doch so klein, wie soll sie das schaffen? Was wenn ihr etwas zugestoßen ist?" – gerade noch uneinholbar an der Spitze, bleibt sie urplötzlich stehen. Karen sackt in sich zusammen, beginnt zu hyperventilieren und verliert anschließend ihr Bewusstsein.

Ein halbes Leben später sitzt Karen auf dem Balkon ihrer bescheiden eingerichteten Zwei-Zimmer-Wohnung im dritten Stock eines in die Jahre gekommenen Altbaus. Vor ihr auf einem kleinen runden Tisch liegt ein Fotoalbum aus Zeiten, die ihr wie das Leben einer anderen Person vorkommt. Nicht viel ist ihr von ihrem einstigen Leben geblieben. Nach Mathildas Verschwinden ließ das Ehepaar nichts unversucht, um sie zu finden: Diverse Suchaktionen, belastende Fernsehinterviews und demütigende Polizeibefragungen brachten ihnen ihre Tochter nicht zurück. Der Belastung nicht gewachsen, verlor Roland zunächst seinen Arbeitsplatz und mangels Einnahmen das junge Ehepaar schließlich ihr stolzes Eigenheim. Immer wiederkehrende Versuche, das verlorene Kind durch ein neues zu ersetzen, scheiterten. Zwei Fehlgeburten später erlitt Karen einen völligen Zusammenbruch und ließ sich in eine psychiatrische Klinik einweisen. Solchen Belastungen halten die wenigsten zwischenmenschlichen Beziehungen, egal wie stark sie sind, stand – die Ehe zwischen Roland und Karen scheiterte und endete in einem erbitterten Rosenkrieg.

Roland scheint seinen Weg gefunden zu haben: In zweiter Ehe wurde er vor zwei Jahren zum dritten Mal Vater und erfüllte sich so seinen Lebenstraum, wenn auch ohne Karen. Diese hingegen ist nicht über ihre Verluste hinweggekommen. Überlebt hat sie sie, wenn man das, was sie führt, noch „leben" nennen kann. Denn was ist schon ein Leben, dem das Wichtigste fehlt? Karen trauert einem Leben hinterher, dass inzwischen nur noch aus bruchstückhaften Erinnerungen besteht. Das vor ihr liegende Fotoalbum füllt diese Erinnerungen ausschnittartig mit Bildern. Eigens zur Geburt von Mathilda wurde es angefertigt und beginnt mit den ersten Ultraschallbildern. Was war es für ein schönes Gefühl zu erfahren, von Roland, der Liebe ihres Lebens, schwanger zu sein? Den Stolz und die Sinnhaftigkeit, die sie in diesem Moment empfand, kann sie noch heute spüren. Mal wieder, wenn sie an diese Zeit zurückdenkt, was so gut wie den Großteil ihres Alltags ausmacht, greift Karen, inzwischen Kettenraucherin, zur Zigarette. Sicherlich einmal die Woche blättert sie das kleine Bilderbuch ein ums andere Mal durch und schwelgt in alten Erinnerungen. Erinnerungen in einem Fotoalbum, das inzwischen so alt ist, dass sich immer wieder Bilder lösen und neu angeklebt werden müssen. Eben löste sich das letzte Bild im Fotoalbum.

Karen steht auf, um einen Klebestift und gleich noch eine weitere Schachtel Zigaretten aus der Wohnung zu holen. Mit einem Fuß in einer Wohnung und dem anderen noch auf dem Balkon spürt sie einen plötzlichen Windstoß im Rücken. Ruckartig stürmt sie auf den Balkon zurück, kann aber nur noch dem davonfliegenden Bild hinterherschauen. Zunächst liegt es auf der Hecke des Nachbarhauses auf. Karen eilt barfuß das kalte Treppenhaus hinunter. An der Haustür angelangt, wird das Foto von einem weiteren Windstoß erfasst und Karen sieht hilflos zu, wie das nahe und doch so ferne Bild von der Hecke in den Gullideckel verschwindet. Abermals ist es ein Windstoß, der Karen das Wichtigste in ihrem

Leben in den Abgrund reißt: Dieses Mal ist es nicht Mathilda selbst, aber ihr letztes Bild – aufgenommen am Tag ihres Verschwindens – und damit auch die letzte Erinnerung an ein glückliches und inzwischen verlorenes Leben.

AUCH

Ein trister Sonntagmorgen im noch tristeren Ludwigshafen. Das Ende ist nah – wie nah es bereits ist, ist niemandem bewusst. Wie eine Horde von Dementoren schwebt der Herbstnebel, unterstützt von einer Dampfschwade des nahegelegenen Chemiewerks, über dem Mehrfamilienhaus in der Angela-Merkel-Straße 4. In der Dreizimmerwohnung im vierten Stock herrscht schon reges Treiben. Henry und Flora richten sich für ihre wöchentliche Fahrradtour. Seitdem sie vor gut vier Monaten, kurz nach ihrem zweiten Jahrestag, zusammengezogen sind, steigen sie jeden Sonntag frühmorgens auf ihre Zweiräder und erkunden für mehrere Stunden die Umgebung.

„Los geht´s. Bin bereit, wie sieht es bei dir aus?", der in Funktionswäsche gekleidete Henry wartet fertig gerichtet auf seine große Liebe Flora. Um sie etwas „anzutreiben", stellt er sich in den Hausflur und blickt, an der Flurwand lehnend, über die offene Tür in die Wohnung. „Los, los, los. Der Tag wird nicht jünger und wir ebenfalls nicht". Ihm ist bewusst, wie unangenehm es ihr ist, wenn die Nachbarn allzu viel von ihnen mitbekommen. „Da muss sie jetzt durch", denkt er sich. Schließlich soll sie endlich über ihren Schatten springen und ihre Schüchternheit ablegen. Für alle durch die dünnen Hauswände gut hörbar, ruft er in die Wohnung hinein: „Schatz, ich bin schon mal draußen, denk bitte an die Wasserflaschen." Umgehend erscheint sie im Türrahmen, schaut ihn genervt an und drückt ihm zwei Wasserflaschen in die Hand. „Ich habe kein Alzheimer und bitte nicht so laut", zischt sie ihm zu. „Es ist schon halb acht, keine Sorge, da ärgert sich keiner", antwortet er ihr in lautem Ton. Er weiß, dass sie nun mindestens für die nächsten zwei Stunden beleidigt sein wird. „Da muss ich nun durch", denkt er sich. Schließlich ist er davon überzeugt, sie als ihr Freund unterstützen zu müssen, um das Beste aus ihr herauszuholen. Sie könne ja nicht ihr Leben lang damit beschäftigt sein, sich darüber Sorgen zu machen, was andere über sie denken. Irgendwann wird sie schon verstehen, dass er sie nur zu ihrem Wohl herausfordert. Schließlich hat sie Gleiches, ohne es zu wissen, bereits mit ihm getan. Er, der autofahrende Sportmuffel und Fahrradhasser, ist für sie, deren einziges Fortbewegungsmittel das Fahrrad ist, nun vom Vierrad auf das Zweirad umgestiegen. Und dies nur, um ihr zu imponieren. Seit Wochen fährt er täglich seine 20-minütige Strecke von Zuhause zur Arbeit mit dem eigens dafür angeschafften Herrenrad. Außer samstags, da ist fahrradfreie Zeit. Aber sonntags steigen sie dann beide gemeinsam aufs Rad. Um seinen guten Willen zu zeigen, schlägt er meistens eine längere Route vor. Wie froh er doch ist, endlich in ihr seine große Liebe gefunden zu haben.

Diese Freude kann sie im Moment nur bedingt mit ihm teilen. Flora ist genervt. „Was für ein dominanter und aufdringlicher Typ. War der schon immer so?", fragt sie sich wütend. Seit längerer Zeit zweifelt sie an Henry und der gemeinsamen Beziehung. „Der nimmt keine Rücksicht auf mich", stellt sie fassungslos fest. „Er weiß doch, wie sehr ich es hasse, aufzufallen. So hat er mich kennengelernt und so hat er mich lange Zeit auch akzeptiert. Aber warum doktert er nun an mir herum?", ärgert sie sich ratlos. „Es liegt an unserem Zusammenzug", resümiert sie. Flora weiß selbst, wie abhängig sie von anderen Meinungen ist. Dies ist auch Henry nicht entgangen, wie er es sie allzu häufig wissen lässt. Mal sind es ihre Freunde, dann wieder ihre Eltern, von denen sie sich zu sehr beeinflussen lasse. „Und was ist mit dir? Versuchst du etwa nicht, mich zu manipulieren?", knallte sie ihm letztens, für ihre Verhältnisse außergewöhnlich heftig an den Kopf. Und dann auch noch dieses blöde Fahrradfahren jedes Wochenende. Als sie sich kennenlernten, besaß er nicht mal eins. Sie schon, aber eher der Tatsache geschuldet, dass sie sich als Sozialpädagogik-Studentin kein eigenes Auto leisten kann. Als würde die tägliche halbe Stunde zur Universität hin und zurück nicht schon reichen, muss sie nun auch am Wochenende für ihn aufs Fahrrad steigen. „Merkt er eigentlich nicht, dass ich keine Lust habe?", ärgert sie sich.

Diese Ignoranz ist ungewöhnlich für Henry, der noch heute von seiner Mutter „Sensibelchen" genannt wird. Nicht ohne Grund: In der Vergangenheit hatte er bereits einige Gelegenheiten, ausführlich mit seiner Gefühlswelt in Berührungen zu kommen. So zum

Beispiel bei jedem Korb, den er in der Vergangenheit bekam und davon nicht wenige:

Kensia war die Erste. Bereits mit 16 Jahren dachte er, in ihr die Liebe seines Lebens gefunden zu haben. Sie wohnte eine Straße weiter und war in der Klasse über ihm. Da sie den langen Schulweg teilten, entwickelte sich über die Zeit hinweg eine „Busfreundschaft", wie Kensia ihre zwischenmenschliche Beziehung bezeichnete. „Gib es zu, jeder Junge ist doch in Hermine, beziehungsweise Emma Watson verliebt, oder?", fragte sie ihn, als sie mal wieder auf den verspäteten Bus warteten und sich über das Harry-Potter-Universum unterhielten. Nach einer kurzen Pause stimmte er ihr zu. „Keine Frau ist so schön wie Hermine", holte er weiter aus, als es ihm plötzlich wie Schuppen von den Augen fiel: „Kensia ist meine Hermine". Die nächsten Tage war er damit beschäftigt, zu überlegen, wie er ihr seine Liebe auf originelle Weise kundtun könne. An ihren Gefühlen zweifelte er keine Sekunde. Und wenn sie sich doch nicht so sicher sein sollte, würde er sie spätestens mit seiner Aktion davon überzeugen können, dass er ihr Ron Weasley sei. Nach einigem hin und her fasste er einen Plan: Wie Harry Potter und Cho Chang sich im Roman unter einem Mistelzweig erstmals küssten, sollte es zwischen Kensia und ihm geschehen. „Das wird sie gleich richtig deuten", vermutete er stolz. In einem Online-Blumenshop bestellte er den teuersten Mistelzweig und lud sie unter dem Vorwand, einen Harry-Potter-Marathon zu starten, zu sich nach Hause ein. Kaum öffnete er ihr seine Zimmertür, wurde sie von einem Sammelsurium magischer Artefakte überwältigt. Im Türrahmen hingen einige duzend, in Gold verpackte Schokoladenbällchen, die er eigens mit Flügeln verziert hatte. Neugierig und beeindruckt zugleich griff sie nach einem und flüsterte „der goldene Schnatz". Ins Zimmer blickend sah sie eine Schüssel voller Schokofrösche, zwei Dosen, auf denen „Butterbier" stand und auf seinem mit einem schwarzen Tuch bedeckten Schreibtisch, einen ebenfalls schwarzen Kessel, in dem eine orangenfarbige Masse dampfte. Ihrem Geruch nach handelte es sich um Kürbissuppe. „Du weißt schon, dass es noch einige Monate bis Halloween sind?", fragte sie ihn mit leichter Ironie in der Stimme. „Das ist ihre Unsicherheit", beruhigte er sich selbst für ihr Verhalten, das nicht dem entsprach, wie er es sich erhofft hatte. Auf ihre Frage ging er nicht ein und bot ihr stattdessen eine Schüssel mit Kürbissuppe an. „Schmeckt gut. Das muss richtig viel Arbeit gewesen sein", stellte sie schließlich anerkennend fest. Während des gesamten ersten Films der siebenteiligen Reihe konnten sich beide nicht konzentrieren: Er, weil er auf den richtigen Moment hin fieberte, sie in den hinteren Teil seines Zimmers unter den aufgehängten Mistelzweig zu führen; sie, weil ihr so langsam ansatzweise dämmerte, was er vermutlich im Schilde führte. „Nun ist es soweit", entschied er sich nach dem ersten Film und erhob sich von der kleinen Ledercouch, auf der sie die letzten zwei Stunden mit dem größtmöglichen Abstand gesessen hatten. „Bitte folge mir", bat er sie. Unter dem Mistelzweig angelangt, wusste sie nicht, was es zu sehen gab, während er sie erwartungsvoll anblickte. „Und nun?", fragte sie ihn irritiert, als er sie weiter schweigend ansah. „Schau mal nach oben", antwortete er, woraufhin ihrer beider Augen zunächst nach oben und dann ineinander schauten. Verdutzt und mit offenen Augen sah sie seinen Kopf mit geschlossenen Augen auf sie zu kommen. Kurz bevor seine Lippen ihre berührten, ging sie ruckartig einen Schritt zurück. Ungeküsst blickte er sie verwirrt an. „Warum nicht?", fragte er traurig-verzweifelt. „Tut mir leid Henry, aber ich will das nicht. Ich weiß auch gar nicht, wie du auf die Idee kommst, dass ich in dieser Form an dir interessiert sein könnte", erwiderte sie. Die nächsten Tage fühlten sich wie die schlimmsten seines bisherigen Lebens an. Sein erster Liebeskummer hatte ihn vollends ergriffen. Mehr als acht Monate wurde er immer wieder von seinem Herzschmerz niedergeschlagen. War Kensia doch seine große unerwiderte Liebe, die ihm zu allem Überfluss nun auch noch die Freundschaft gekündigt hatte.

Erst mit einer neuen Begegnung sollte sich seine Gefühlslage für kurze Zeit wieder zum Besseren wenden. In der Mathenachhilfe lernte er Yasemin aus der Nachbarstadt kennen. Auch mit ihr verstand er sich von Anfang an gut, weshalb sie sich schnell anfreundeten. Dieses Mal wollte er sich allerdings nicht so lange Zeit wie bei Kensia lassen. Sie sollte bloß nicht auf die Idee kommen, dass er sie nicht „interessant" finden könnte und ihn in die „Friendzone" schicken. Unter dem Vorwand, miteinander Mathe lernen zu wollen, lud er sie zu sich ein. „Sehr gerne", antwortete Yasemin. Kaum bei ihm Zuhause angekommen, brachte Yasemin den überglücklichen Henry zum Straucheln: „Du kennst doch Julian, den Schönling aus meiner Stufe?", setzte sie an. Als er irritiert, aber zustimmend nickte, setzte sie fort: „Der ist doch ganz toll, aber leider interessiert er sich nicht für mich", erklärte sie und berichtete anschließend von ihrem Kummer. „Henry ist der beste Freund, den man sich als Frau wünschen kann", erklärte sie ihrer Mutter. Über Monate hinweg tröstete er sie immer wieder, wenn sie ihm von Julians neusten Eroberungen erzählte. Immer in der Hoffnung, dass ihr Herz eines

Tages für ihn frei sein würde. Seine letzte Hoffnung erlosch erst, als sie, mal wieder weinend, in seinem Arm liegend, zu ihm aufblickte: „Hat dir denn noch nie ein Junge so das Herz gebrochen?" Völlig aus der Bahn geworfen sprang Henry auf und blickte sie entsetzt an: „Du denkst, ich bin schwul?". Mit einem verlegenen Nicken beantwortete sie seine Frage. „Ernsthaft?", schäumte er vor Wut. „Warum denkst du, tue ich mir das hier seit Wochen an? Ich will dich!", schrie er sie an, um einen kurzen Moment später vorwurfsvoll hinzuzufügen: „Du bist nur zu blind, es zu erkennen". Sie war fassungslos: „Es ist doch nicht mein Problem, wenn du nicht mit der Sprache herausrückst", erklärte sie beleidigt. „Außerdem ist es unglaublich schäbig, dass du meinen Liebeskummer ausnutzen möchtest, um mich an dich zu binden. Wie krank ist das denn?", stellte sie weiter fest. Zutiefst beleidigt schmiss er sie umgehend aus seinem Elternhaus und erschien von nun an nicht mehr in der Nachhilfe.

Kensia und Yasemin sollten nicht die einzigen Frauen sein, die seine (große) Liebe nicht erwiderten. Es folgten Stefanie, Mareike, Pia, Malika und Carmen. Immer wieder war er zu Beginn von der gegenseitigen Anziehung überzeugt und wurde von ihrer Ablehnung vollkommen überrascht und zutiefst getroffen. Henry kannte lange Zeit über nur zwei Gefühlslagen: verliebt oder Liebeskummer. Immer wieder verglich er sein gebrochenes Herz mit der Seele Lord Voldemorts, dem Bösewicht aus Harry Potter, der mit jedem Mord seine Seele ein weiteres Mal spaltete, um so – in Form eines Horkruxes – die Unsterblichkeit zu erlangen. „Wenn das so ist, dann müsste ich durch mein immer wieder gebrochenes Herz ebenfalls unsterblich sein", dachte er sich regelmäßig, um in diesem Vergleich ein wenig Trost zu finden. Wieder einmal vom Liebeskummer ergriffen, entschied er sich, es mit der Liebe sein zu lassen, da sie sowieso keinen Sinn ergebe. Um sein Vorhaben umzusetzen, brach er jeglichen Kontakt zum weiblichen Geschlecht ab. Er sollte ja nicht wieder der Versuchung erliegen, sich erneut hoffnungslos zu verlieben. Einige Wochen konnte er seinen Vorsatz einhalten, was seiner Gefühlswelt sehr guttat. Das erste Mal seit Jahren hatte Henry über einen längeren Zeitraum hinweg keinen Liebeskummer.

Und dann kam Flora in sein Leben. Anfangs verlief es ähnlich wie bei Kensia, Yasemin, Stefanie und Co., weshalb er sich, inzwischen skeptischer als zuvor, zurückhielt. Doch mit Flora, deren Name in der römischen Mythologie für die „Frühlingsgöttin" steht, änderte sich alles: Sie war es, die nach so einer langen Durststrecke für seinen ganz persönlichen Frühling sorgte. „Ein Gefühl, für das es sich gelohnte hatte, so lange zu warten und das ich nun nie mehr verlieren möchte", wie er ihr im ersten Liebesbrief gestand.

Die Angst jemanden zu verlieren, war eine Angst, die er in dieser Form nicht kannte, nun aber ausführlich kennenlernte sollte. Kaum kam er mit Flora zusammen, hatte er auch schon wieder Angst, dass sie aus seinem Leben so schnell verschwinden könnte, wie sie gekommen war. Um dies zu verhindern, vermied er jegliche Konfrontation mit ihr und willigte zu allem ein, was sie vorschlug. Hatte sie Lust auf Käse, erwiderte er, der Käse nie sonderlich mochte, dass er schon eine Ewigkeit den Wunsch hege, mal wieder in die Schweiz zu fahren, um guten Käse zu kaufen. Fragte sie, was er am

Wochenende unternehmen wolle, antwortete er klassischerweise: „Ist mir egal, ich bin da offen". Zeichnete sich ab, dass sie bei einem Thema mal nicht einer Meinung waren, antwortete er relativ schnell: „Stimmt, du hast recht. Jetzt, wo du es sagst, sehe ich es auch so".

Als vor acht Monaten bei ihm um die Ecke ein neuer Eisladen mit dem kreativen Namen „VegEis" eröffnete, wollte er am darauffolgenden Samstag unbedingt hin, um die veganen Eissorten auszuprobieren. Die ganze Woche freute er sich auf den Ausflug und erzählte ihr mehrmals davon. Als es dann an dem warmen Sommertag soweit war und er nach dem Mittagessen aufbruchsbereit seine Schuhe anzog, schaute sie ihn schüchtern-fragend an: „Mein Bauch ist so voll, können wir unseren Besuch bei VegEis verschieben?" Zu ihrem Erstaunen stimmte er ihr voller Überzeugung zu: „Da bin ich aber froh. Mir ist es eigentlich heute zu kalt für Eis", log er, woraufhin sie ihn irritiert ansah, sich aber gleichzeitig über seine Zustimmung freute. „Ihr muss es gut gehen. So wichtig war es mir dann doch nicht", sagte er sich selbst in solchen Situationen, in denen er sein „Ich" vollkommen zurückstellte und die mit der Zeit immer weiter zunahmen, immer wieder gebetsmühlenartig.

Weniger wichtig wurden ihm mit der Zeit auch seine Freunde. Seit der Oberstufe traf er sich jeden Donnerstag zum „Zocken" mit Sion. Sion war es auch, dem er sich in der Vergangenheit anvertraute, wenn seine Liebesversuche mal wieder scheiterten. Umso mehr freute sich sein Freund, als Henry mit Flora zusammenkam. Die

Freude sollte allerdings nicht lange halten. Als im Februar die neue Staffel von „Germany's Next Topmodel" anstand, erklärte Flora dem sichtlich irritierten Henry, dass sie ihre Freundinnen zu sich nachhause einladen wolle, um die Modelshow gemeinsam anzuschauen. „Ein großer Spaß für uns Mädels, der dich sicher nicht interessiert". Henry, der sich tatsächlich nicht für Sendungen dieser Art interessierte, beteuerte das Gegenteil: „Nein, da schätzt du mich falsch ein. Denk bitte mal weniger in Geschlechterstereotypen", versuchte er seine wahren Motive zu verschleiern. Schließlich meinte er unter dem Signalwort „uns Mädels" eine Abgrenzung seiner Flora zu ihm herauszuhören. „Dies darf nicht sein, nicht, dass ich sie so verliere, daher muss ich Präsenz zeigen", entschloss er sich. Seinem guten Freund Sion sagte Henry derweil unter dem Vorwand, krank oder verhindert zu sein, Donnerstag für Donnerstag ab. Sion, der mit Laura, einer von Floras Freundinnen anbandelte, die ebenfalls zur topmodelschauenden Truppe gehörte, fiel aus allen Wolken, als sie ihm von Henry und ihren gemeinsamen Topmodelabenden erzählte. Als Henry ihm am darauffolgenden Donnerstag erneut per Textnachricht absagte, konfrontierte er ihn mit seinen Lügen. Als dieser wochenlang nicht darauf antwortete, kündigte Sion ihm schließlich enttäuscht die Freundschaft.

Ein „Auch" vermittelt Zustimmung, erfordert allerdings eine eigene Meinung. Basiert das „Auch" jedoch auf keiner Meinung, sondern auf Unterwerfung, ist es kein zustimmendes, sondern ein rückratloses „Auch". „Ich auch", wurde zu einem der häufigsten Sätze, die Flora von Henry zu hören bekam. Über die große Menge von Gemeinsamkeiten zunächst erstaunt, kam mit der

Zeit allerdings in ihr das Gefühl auf, dass es eigentlich immer Henry sei, der sich mit „seinen" Interessen durchsetze. „Kein einziges Mal habe ich von ihm gehört, dass er zurückstecken musste", stellte sie eines Tages erschrocken fest, als sie stillschweigend mal wieder auf einen „Henry-freien-Tag" verzichten musste. Nicht, dass sie seine Nähe nicht genoss, war es aus ihrer Sicht dann doch etwas ungewöhnlich, so viel Zeit miteinander zu verbringen. Nicht einmal ihre eigenen Gedanken konnte sie für sich beanspruchen. Ließ sie ihn an einer neuen Erkenntnis teilhaben, erwiderte er: „Verrückt, das habe ich eben auch gedacht".

„Weißt du, was der Unterschied zwischen uns ist? Wir sind zwei eigenständige Menschen", schrie sie ihn an, als es vor sechs Wochen zum ersten großen Streit seit ihrem Zusammenzug kam. Vorausgegangen war eine klassische Szene, in der sie wieder einmal das Gefühl hatte, sich selbst zu verlieren. Nach ihrem Zusammenzug, dem Wochen an Vorbereitung vorausgegangen waren, und einer anschließenden Klausurenphase, freute Flora sich auf einen ruhigen und im positiven Sinne einsamen Freitagabend in der gemeinsamen Wohnung. Da Henry mit seinem letztverbliebenen Freund Sebastian verabredet war, sollte dem nichts im Wege stehen. Kaum weihte sie ihn in ihre Pläne ein, schlug er ihr vor, Sebastian abzusagen. „Das brauchst du nicht. Ich freue mich auf den ruhigen Abend mit mir allein. Außerdem ist es Sebastian gegenüber unfair", setzte sie an, um kurz darauf von ihm mit einem „der versteht das schon" unterbrochen zu werden. Gesagt – getan. Es folgte ein durch gemeinsames Schweigen geprägtes Abendessen. Schließlich wollte sie sich mit einem Buch in ihrer linken und einem Weinglas in der rechten Hand ins Wohnzimmer verabschieden, woraufhin ihr Henry folgte.

Unter seinen Augen nahm sie auf der Couch Platz. Mit der Tageszeitung in der Hand, ließ er sich in der gegenüberliegenden Chaiselongue nieder. Gerade das Buch aufgeschlagen, fiel ihr ein, dass sie ihr Mobiltelefon im Schlafzimmer liegen lassen hatte. Kaum aufgestanden, folgte ihr Henry mit der Begründung, er müsse noch sein Ladekabel holen. „Lass das bitte! Du engst mich ein. Ich brauche mehr Bewegung!", erklärte sie ihm wutgeladen. Eingeknickt stimmte er ihr gleich zu, entschuldigte sich und zog sich weinend ins Badezimmer zurück. Die darauffolgende Nacht lagen sie beide, ohne jeweils die Schlaflosigkeit des anderen zu bemerken, wach nebeneinander. „Das kann doch nicht wahr sein. Ich verstehe die Welt nicht mehr. Alles, wirklich alles mache ich für sie und selbst das ist nicht gut genug. Wie kann sie nur so sein? Wenn sich jemand in der Beziehung auflöst, dann ja wohl ich. Niemanden habe ich mehr außer sie. Das ist in Ordnung, aber dann soll sie bitte nicht so einen Unsinn reden", dachte er sich. Flora kam derweil zu dem Schluss, dass Henry sich ändern müsse, wenn er sie nicht verlieren wolle.

„Könnte ich bitte die Wasserflasche haben?", Flora hat Durst. Mit Henry steht sie auf einer Brücke, die über eine Vielzahl von Bahngleisen führt. Tagsüber kein schöner Anblick, abends hingegen, wenn die tausenden, der über den Gleisen hängenden, Glühbirnen leuchten, einer der romantischsten Orte Mannheims. Ihre Kehle ist trocken und sie kann an nichts anderes als Wasser denken. „Wollte ich dir gerade geben", erklärt Henry, als er ihr eine der beiden Wasserflaschen reicht. Zwei Stunden sind sie schweigend mit dem Rad durch das Mannheimer Umland gefahren und machen nun eine kurze Pause. Genug Zeit, um über die vergangenen Wochen und ihre Beziehung nachzudenken. Flora ist inzwischen zu dem Ergebnis gekommen, dass sie sich von Henry trennen möchte. Ein Gedanke, der sie seit Wochen ständig begleitet. „Wie soll ich ihm das nur erklären?", fragt sie sich immer wieder. Sie ist sich sicher, dass er sie nicht so einfach gehen lassen wird. Aussagen seinerseits wie „Du bist alles für mich", „Ohne dich bin ich nichts", „Mit dir erreiche ich die Unendlichkeit", verunsichern sie immer mehr. „Je weiter ich mich von ihm entferne, desto mehr scheint er zu klammern", stellt sie fest. Sie beschließt schließlich, nicht einfach so Schluss zu machen, sondern ihn und die Beziehung noch einmal genau zu hinterfragen. Jetzt braucht sie allerdings erst einmal Wasser.

„Tut das gut", denkt sie sich, während das sprudelnde Wasser ihren Hals herunterfließt. Wie gerne wäre sie in diesem Moment die Kohlensäure, die aus der Flasche scheinbar in die Freiheit entströmt. Durstgeladen setzt sie die Wasserflasche ein zweites Mal an ihre Lippen, um den Rest in einem Zug auszutrinken. „Stopp!", ruft Henry, greift nach der Flasche und reißt sie ihr aus der Hand. Dabei verschüttet er eine große Menge auf ihre Jacke. „Spinnst du?", fährt sie ihn erschrocken an. „Nein, du spinnst. Weißt du wie lange wir unterwegs sind? Das müssen wir später alles wieder zurückfahren. Ich will nicht, dass du dann richtig durstig bist und kein Wasser mehr hast, mein Schatz." „Dann kann ich mir auch welches kaufen", schreit sie und bemerkt den aus der Ferne anrollenden ICE. In vergleichbar schneller Geschwindigkeit wie der Zug wird sie nun von ihren Gefühlen überrollt. Kopfschüttelnd schaut sie ihn an und fasst einen Entschluss: „Henry, so geht das nicht mehr.

Ich wollte mir Zeit lassen, aber du lässt mir keine Wahl: Ich liebe dich nicht mehr. Ich verlasse dich. Es ist aus".

Wie vom Blitz getroffen steht er da. Er, der doch alles für sie macht. Er, der wegen ihr jeden seiner Freunde verloren hat. Er, der sich ihr bis zur Selbstaufgabe anpasste und nun ohne sie niemand mehr sein wird. Verzweifelt blickt er Flora an, schubst sein Fahrrad zur Seite, woraufhin sie zusammenzuckt. Sie erkennt das vor ihr stehende Häufchen Elend nicht wieder. In ihr steigt die Angst auf, dass er nun handgreiflich werden könnte, was er erkennt. „Henry, das mit uns ergibt keinen Sinn mehr. Ich will dir nichts Böses, aber es ist aus.", wiederholt sie nun etwas leiser, um ihn zu beruhigen und auch um das erdrückende Schweigen zu brechen. Plötzlich bricht er in schallendes Gelächter aus, was Flora noch weiter verängstigt. So hat sie ihn noch nie erlebt. Er kann gar nicht mehr aufhören zu lachen. Inzwischen klingt sein Lachen, wie eine authentische Nachahmung des „Jokers". Keine Minute später, die sich wie eine Ewigkeit anfühlt, wird er plötzlich erneut ganz ruhig. Ohne ein Wort zu sagen, steigt er auf das Brückengeländer. Erschrocken beobachtet sie, wie der eben noch so ferne Zug sie in wenigen Momenten unaufhaltsam erreichen wird und zählt eins und eins zusammen. Unter ihren Augen springt Henry. Wenige Augenblicke später wird er vom Zug erfasst und vielgeteilt. Während sich der Schock über sie legt, breiten sich Schuld und Trauer in ihr aus. Hilflos blickt sie über das Geländer und sieht ihren Exfreund über das gesamte Areal verteilt. In ihr kommt Erleichterung auf, während sie seine letzten Worte auf ihr „Es ist aus" immer wieder hört: „So sehe ich es auch".

ÜBER DEN AUTOR

M. R. Scheffel,1992 im Schwarzwald geboren und dort aufgewachsen, studierte in Mannheim mit Aufenthalt in Ostende (Belgien) Arbeitsmanagement. Anschließend arbeitete er in Villingen-Schwenningen, Nürnberg und Frankfurt am Main in diversen Bereichen der Arbeitsmarktförderung – unter anderem mit Schwerpunkt Presse- und Öffentlichkeitsarbeit. Der überzeugte Europäer studiert seit 2018 Rechtswissenschaften in Freiburg und Hamburg. Von Süd- über Mittel- bis hin zu Norddeutschland lernte er sein Land mit dessen gesellschaftlichen Abgründen und Höhepunkten kennen.